La lectrice

ŒUVRES PRINCIPALES

Éditions du Seuil
La vive, *1968*
La ligne 12, *1973*
La fontaine obscure, *1976*
Nerval, *1978*
La singularité d'être communiste, *1979*
Photo souvenir, *1980*
L., *1982*
L'or et la soie, *1983* (*1990, Albin Michel*)
Cézanne, la vie, l'espace, *1986*
Eluard, *1995*

Éditions Actes Sud
Un fantasme de Bella B., *et autres récits, 1983*
La lectrice, *1986*
Transports, *1988*
Un portrait de Sade, *1989*
Le roi de l'ordure, *1990*
Mademoiselle Bovary, *1991*
La perplexité du juge Douglas et autres nouvelles, *1991*
L'attachée, *1993*
Cézanne et Zola se rencontrent, *1994*
La cafetière, *1995*

Éditions Albin Michel
La conférence, *1962*
Les grilles, *1963*
La dernière nuit d'André Chénier, *1989*

Chez d'autres éditeurs
Une ville d'or, *1981, Jeanne Laffite*
Les lunettes, *1984, Gallimard*
Jean Tortel, *1984, Seghers*
Le clou : dialogue en sept journées, *1995, Temps des cerises*

Raymond Jean

La lectrice

Librio

Texte intégral

*"Il y a dans toute femme quelque chose d'égaré...
et dans tout homme quelque chose de ridicule."*

Jacques LACAN

Je me présente : Marie-Constance G., trente-quatre ans, un mari, pas d'enfants, pas de profession. Hier, j'écoutais le son de ma voix. C'était dans la petite chambre bleue de notre appartement qu'on appelle la « chambre sonore ». Je me récitais des vers de Baudelaire qui me revenaient. Il me semble que ma voix est plutôt agréable. Mais s'entend-on soi-même ?

Justement, mon amie Françoise, rencontrée la semaine dernière, m'a dit : Tu as une merveilleuse voix, c'est idiot de n'en rien faire, et plus idiot encore de rester inactive, une femme doit absolument avoir une occupation à notre époque... quand nous étions ensemble au Conservatoire, tu montrais réellement beaucoup de talent... pourquoi ne mets-tu pas une annonce dans les journaux pour proposer d'aller faire la lecture à domicile chez les uns ou les autres ? Françoise est charmante, mais elle a souvent des idées saugrenues. En ce qui la concerne, elle a plutôt les pieds sur terre – elle est secrétaire chez un avocat –, elle n'en projette que plus volontiers sur les autres un grain de romantisme et de bizarrerie. Idée bizarre en effet : se faire lectrice à domicile, à l'heure des livres-cassettes, comme au temps des duchesses, des tsarines et des dames de compagnie. Mais non, a dit Françoise, pas du tout, ce peut être très différent aujourd'hui, tout à fait pratique et concret : des malades, des handicapés, des vieux, des retraités, des célibataires. Perspective réjouissante, en effet. Mais j'avoue que des célibataires, c'est drôle. L'idée a cheminé en moi.

Me voici devant le type de l'agence qui prend les textes des annonces. Il mâchouille un mégot éteint sous une moustache balai-brosse, l'œil braqué sur moi. C'est difficile à allumer, un œil vide. Il essaie pourtant. Je n'ai pas de conseil à vous donner, dit-il, mais à votre place… je ne passerais pas une annonce de ce genre… vraiment pas… surtout pas dans une ville comme la nôtre… Je lui demande pourquoi. Il hoche la tête, pousse un soupir, relit mon petit papier qu'il tortille d'un air accablé : « Jeune femme propose lecture à domicile : textes littéraires, textes documentaires, textes divers. » Suit mon numéro de téléphone. Vous allez avoir des ennuis… Une dactylo installée à une table voisine s'arrête de temps en temps pour s'injecter dans une narine le contenu d'un pulvérisateur de poche. Elle en profite pour nous regarder furtivement, nous écouter sans doute. Il baisse la tête et la voix : Croyez-moi, je connais mon métier… Je lui réponds sèchement : Je vous demande de passer cette annonce, pas de la commenter. Il m'observe sans rien dire, fixement, puis m'explique que beaucoup de journaux, et même parmi les plus célèbres, publient aujourd'hui des annonces plus ou moins équivoques et qu'on pourrait se méprendre sur la mienne… Il se remet à mâchouiller, à hocher la tête. Je lui dis que mon annonce n'a rien d'équivoque. Reniflements de la dactylo. Dans ce cas, dit-il, il faut enlever « Jeune femme »… Pour mettre quoi ? Il réfléchit, se concentre : Pour mettre « Personne ». À mon tour d'être interloquée : Comment, personne ? Il tient toujours mon papier dans ses mains, l'éloigne un peu de ses yeux comme pour mieux le lire, le mégot vacille sur sa lèvre inférieure. Oui, il faut dire : « Personne susceptible de lire à domicile offre ses services, etc. », vous voyez, « Personne » n'a pas de sexe ! Assez éberluée, je lui réplique qu'on ne comprendra rien à l'annonce si elle est rédigée en un tel charabia. Il se tait, piqué, puis brusquement : Bon, si vous y tenez, on va la passer comme ça, après tout c'est votre affaire, mais au moins ne donnez pas votre téléphone, contentez-vous du code du journal si vous voulez limiter les dégâts… croyez-moi, j'ai l'habitude de ces choses et ce que vous proposez est justement très inhabituel… Il tend le papier à la dactylo, sans la regarder, d'un air vaguement dégoûté, et lui demande de taper le texte en trois exemplaires pour les trois journaux locaux. Puis il s'empare d'une calculette, établit ma facture. Je fais un chèque, je me lève, je sors. Je sens son regard traîner sur mes mollets et sur mes talons.

Me voici maintenant devant celui que j'appelle « mon vieux maître ». Il n'est pas vieux. À peine sexagénaire. Col roulé, veston de tweed, la pipe, un air de bon chien à l'œil vif. Très décontracté, le cher Roland Sora me voit toujours, semble-t-il, arriver avec plaisir. Il a été mon professeur, à la Faculté des Lettres, il y a quinze ans et j'ai gardé avec lui une relation d'amitié et de confiance. Il s'était fait une règle de ne jamais coucher avec ses étudiantes, aussi n'ai-je jamais été sa maîtresse. Mais ç'aurait pu être : le courant passait. Je viens de temps en temps bavarder avec lui dans son bureau et lui demander conseil sur ceci ou cela. S'il y a trop d'étudiants qui font la queue devant sa porte, il sort avec moi, m'emmène dans sa voiture et nous allons prendre un café quelque part, au bistrot du coin. S'il est libre, je m'assois en face de lui dans le bureau.

C'est le cas aujourd'hui. Compliments d'usage. Il me dit trois mots gentils sur mon teint, ma mine. Je note à haute voix que ses cheveux s'argentent sérieusement et que cela lui va bien. Puis je lui expose mon idée. Je sens qu'elle l'étonne, mais qu'il ne veut pas le montrer. Tout est possible, dit-il, pourquoi pas la lecture à domicile ? Puisque tu as commis l'erreur impardonnable de ne pas finir les études dont tu étais capable, que tu es sans perspective ni situation, tout ce qui peut te sortir de ce désœuvrement est bon. Mais par voie d'annonce, franchement… ! Je lui demande : Et pourquoi pas par voie d'annonce ? Il bourre sa pipe, tasse le tabac anglais, grommelle : En effet, pourquoi pas ? Mais il ne me cache pas son scepticisme. Il doute que cela donne un résultat, que j'aie des réponses. Je lui dis qu'on verra bien, mais que j'aimerais avoir de lui quelques avis sur le genre de textes que je pourrais choisir pour mes auditeurs éventuels, s'il s'en présente. Il réfléchit ou feint de réfléchir, tire sur la pipe, envoie des ronds de fumée en l'air. Il faut surtout, dit-il, ne pas proposer des textes rasoirs : pas de grandes œuvres, pas de Proust, pas de Robbe-Grillet, pas de poésie non plus, des choses faciles qui passent bien. Les petits naturalistes par exemple. C'est précis, il y a des histoires, des événements, des faits… Il a toujours eu la marotte des « petits naturalistes ». Je crois qu'il leur a consacré sa thèse autrefois. Et je me souviens de très beaux cours – un peu théâtraux, mais bien ordonnés – qu'il faisait sur eux. Je le lui rappelle, et il sourit, rêve un instant, dans la brume de sa fumée et de son souvenir. Puis il se lève tout d'un coup et se dirige vers la bibliothèque placée à droite de son bureau en disant : Pourquoi les « *petits* naturalistes » ? Pourquoi pas les grands ? Pourquoi pas Maupassant ? Il n'y a rien de mieux que Maupassant, crois-moi Marie-Constance, pour tous les âges, tous les goûts, toutes les conditions, tous les pays... pour ton projet, c'est ce qu'il y a de mieux... ne va surtout pas t'embarquer dans des choses ambitieuses et prétentieuses... Il a pris sur les rayons un beau Maupassant, une vieille édition à reliure brune, il tourne les pages, il cherche. Il faut choisir, dit-il, des nouvelles fantastiques, tu es sûre du succès... Et le voilà qui se lance dans une curieuse évocation de ses débuts d'enseignant ; il était dans un lycée provincial où on lui avait confié des petites classes qui l'ennuyaient alors qu'il rongeait son frein, impatient de commencer une carrière universitaire, et pour se désennuyer, il consacrait de longues heures de classe à lire aux élèves des histoires fantastiques : immense succès, les gosses avaient peur mais, adorant avoir peur, se délectaient et montraient une attention dont ils étaient incapables pour n'importe quel autre exercice. Une expérience pédagogique comme une autre. Je pouvais m'en inspirer.

Pour illustrer ses propos, semble-t-il, il feuillette le livre, cherche, trouve le récit auquel il pensait sans doute. Voilà, dit-il, *La Main*. Tu connais ? Tout le monde connaît *La Main*. Je lui avoue que je ne me souviens pas très bien. *La Main*, dit-il, c'est l'histoire d'un Anglais excentrique qui est venu s'isoler en Corse et qui, sur le mur de sa maison, a accroché une main humaine assez mystérieuse. L'histoire est supposée être racontée par un juge à des femmes qui, bien entendu, se trémoussent en l'écoutant :

« ... *Plusieurs femmes s'étaient levées pour s'approcher et demeuraient debout, l'œil fixé sur la bouche rasée du magistrat d'où sortaient les paroles graves. Elles frissonnaient, vibraient, crispées par leur peur curieuse, par l'avide et insatiable besoin d'épouvante qui hante leur âme, les torture comme une faim...* »

Il s'arrête pour dire : L'insatiable besoin d'épouvante qui hante leur âme, c'est beau ça, non ? Il a lu d'une voix grave, nettement timbrée. Je regarde sa bouche, le pourtour bien rasé de sa bouche. Il saute quelques lignes, reprend le texte un peu plus loin. Et voilà l'Anglais, dit-il :

8

« *C'était un grand homme à cheveux rouges, à barbe rouge, très haut, très large, une sorte d'hercule placide et poli. Il n'avait rien de la raideur dite britannique et il me remercia vivement de ma délicatesse en un français accentué d'outre-Manche. Au bout d'un mois, nous avions causé ensemble cinq ou six fois...* »

Et maintenant, voilà la main !

« *... Au milieu du plus large panneau, une chose étrange me tira l'œil. Sur un carré de velours rouge, un objet noir se détachait. Je m'approchai : c'était une main, une main d'homme. Non pas une main de squelette blanche et propre, mais une main noire desséchée, avec les ongles jaunes, les muscles à nu et des traces de sang ancien, de sang pareil à une crasse sur les os coupés net, comme d'un coup de hache, vers le milieu de l'avant-bras...* »

Il interrompt sa lecture, referme le livre, attend ma réaction. Comme elle ne vient pas très vite, il enchaîne lui-même : Tout à fait efficace... des ficelles, bon... des effets simples, un peu gros... mais ça marche... voilà ce qu'il faut prendre comme texte, si tu veux te faire un public... un bon auteur français, valeur sûre... qui savait manier le suspense et le *thrilling* comme pas un... ça accroche à tous les coups... Il doit être déçu de constater que je ne parais pas totalement convaincue. En réalité, je le suis. Mais je me demande à qui je vais avoir l'occasion de lire ces horreurs. J'imagine très mal.

Il a remis le livre à sa place et pense déjà à autre chose. Il me propose de déjeuner avec lui un de ces jours. Il me demande comment va Philippe. Philippe, c'est mon mari. Connaît-il mon projet ? Je lui réponds qu'il le connaît, mais qu'il s'en fout. Cela dit sans la moindre agressivité à l'égard de Philippe. Je l'aime vraiment autant qu'on peut aimer un mari et je le trouve tout à fait bien dans son genre : le genre jeune chercheur occupé mais cool, ingénieur en aérologie, sans complication. Mais c'est vrai : il s'en fout. Si je suis contente de quelque chose, il prend acte. Si je souhaite que ma vie change, il prend acte aussi. Il est tout, sauf contrariant. C'est ce que je dis de lui à Roland : tout sauf contrariant. Il me répond que je ne connais pas ma chance. Puis, me prenant par le bras, il me fait sortir du bureau et m'emmène au bistrot du coin.

Ces imbéciles ont publié mon annonce dans la rubrique « Travail à domicile ». Domicile, bien sûr, mais celui des autres, pas le mien. J'ai cru que cela contribuerait à tout brouiller, donc à tout faire rater. Or, voilà qu'à ma surprise une première lettre vient d'arriver à l'agence. C'est une brave femme à l'écriture maladroite qui dit que son fils, âgé de quatorze ans, est handicapé, qu'elle le garde à la maison et s'occupe de lui aussi bien qu'elle peut, mais qu'il aurait sûrement besoin de contacts extérieurs : elle a pensé que peut-être…

Grande hésitation de ma part, je dois le dire. Je me décide enfin et je vais voir cette dame. Elle est très avenante, très « maman » attentive et éplorée. Au bout de quelques instants, je comprends d'ailleurs qu'elle est réellement malheureuse et réellement dévouée à son enfant. Ce qui n'empêche pas un certain bon sens pratique : elle me demande très vite mon tarif. C'est un point auquel je n'ai pas pensé et je m'en fais intérieurement reproche. Quand on propose ses services par annonce, on prévoit un tarif. Complètement oublié. Inconsciente. Incorrigible. Mais quel tarif, justement ? Là encore, j'aurais dû demander conseil à Roland Sora, il a certainement donné des leçons particulières dans sa jeunesse. Si je ne réponds rien à la dame, cela ne fera pas sérieux. Je réponds que mes tarifs sont à l'étude, que je les lui communiquerai bientôt par écrit, sous la forme d'une petite brochure où sont exposés mes programmes, mes méthodes et mes barèmes. Elle a l'air ravie. Le culot a payé. Elle rapproche sa chaise de la mienne dans la cuisine où elle me reçoit et entreprend de me renseigner sur le cas, difficile dit-elle, de son fils. Elle a des cheveux tout frisottés qui sentent le bigoudi, une haleine que

10

le dentifrice n'arrive pas vraiment à parfumer, un tablier propret. Elle me dit tout à trac que je suis charmante, que je lui fais la meilleure impression, que je suis certainement la personne (la *personne* !) la plus désignée pour apporter une aide à Éric. Comme pour marquer cette sympathie qu'elle ressent à mon égard, elle rapproche encore sa chaise d'un cran. Cette attitude est d'autant plus curieuse que, dans les tout premiers instants, son amabilité m'avait paru ne pas exclure une certaine méfiance. C'est tombé d'un seul coup. Maintenant, c'est le cœur qui se débonde. Et la bouche parle. Les lèvres, un peu molles, remuent très vite. L'haleine pousse des pointes acidulées. Femme émouvante, la quarantaine un peu laiteuse. Elle m'explique qu'Éric est atteint de paraplégie spasmodique et qu'il est rivé à une chaise roulante. Son mal est grave, mais guérissable, ajoute-t-elle. En tout cas, il n'affecte en aucune manière l'intelligence de l'enfant qui est très doué, très ouvert. Il va trois fois par semaine dans un établissement où il reçoit des soins spécialisés en même temps qu'une formation générale. Mais, naturellement, quand il est à la maison, il est seul, il s'ennuie. Il n'a pas de camarades. Le père est très pris par son travail à la S.N.C.F. et ne peut guère s'occuper de lui. Elle fait pour sa part ce qu'elle peut. Mais une mère, vous savez ce que c'est… une femme trop encombrante par nature, trop envahissante… surtout pour un enfant dans cet état… je vois bien que certains jours je l'impatiente… il est si nerveux… alors, j'ai pensé qu'une personne différente… des lectures, de la distraction… Mais peut-être ne vous adressez-vous qu'aux adultes ?

Je prends le temps de la réflexion (réellement paniquée *in petto* par cette situation inattendue, mais décidée à ne pas le montrer), puis lui réponds : Non, à n'importe qui. Son visage s'éclaire, elle paraît soulagée. Mais presque aussitôt, un accent circonflexe se forme entre ses sourcils. Il y a un problème, dit-elle, c'est que mon mari et moi n'avons pas de gros moyens, c'est un modeste fonctionnaire… peut-être la Sécurité sociale prendrait-elle en charge vos services ? Je sens qu'elle va encore parler tarifs et m'empresse de la couper : Ça m'étonnerait beaucoup, je ne suis ni infirmière, ni psychothérapeute, ni quoi que ce soit de ce genre, mais *lectrice*, simplement, sans qualification, sans diplôme, sans rien, vous avez bien compris le sens de mon annonce ? Elle se lève d'un bond de sa chaise, joint les mains comme si elle allait prier, lève des yeux extasiés au plafond : *Lectrice !* Quel bonheur ! Lui qui aime tant la lecture… la littérature… qui est si fin, si artiste… Madame, vous êtes exactement celle qu'il nous fallait !

Elle commence à m'exaspérer un peu. Et j'ai de plus en plus l'impression de m'être fourrée dans un pot de glu. Forcément. Qui voudrait d'une lectrice à domicile aujourd'hui, sinon des excités, des anormaux et des malades ? Pour en finir, je demande, très directement : Puis-je le voir ? Je n'ai pas dû mesurer la portée de mes paroles. Elle se met à trembler de tous ses membres, en répétant : Le voir ? Je sens que j'ai fait une erreur et me suis découverte pour ce que j'assurais à l'instant ne pas être : une quelconque soignante. J'ai prononcé une phrase de médecin. Faux pas stratégique évident. J'aurais dû attendre qu'elle prenne elle-même l'initiative de me conduire auprès d'Éric. Ce qui nécessitait du temps, des précautions. Au lieu de quoi, j'ai bêtement brusqué les choses. Je ne suis bonne ni pour ce travail ni pour un autre. Je ne suis bonne à rien. Je n'entends rien aux relations humaines. J'ai envie de partir, de fuir tout d'un coup. De la planter là, elle et son malheureux gosse. Que vais-je voir de toute façon ? Un mongolien ? Un triste paralytique ? Une grosse figure ballottante ? Une pauvre tête sourde à laquelle il faudra que je raconte des histoires ? Le bonhomme de l'agence avait raison. Des ennuis. La merde. Voilà ce qui m'attend. Je ne changerai jamais.

Elle s'est très vite ressaisie. Et, avant même que j'aie eu le temps de voir son geste, elle a ouvert une porte au fond de la cuisine. Elle me fait entrer dans la pièce voisine. Trois pas, et je suis devant Éric. Il n'a pu qu'entendre notre conversation à travers la cloison. Il doit être ulcéré, ou agressif. Ou alors il est vraiment totalement sourd. Je ferme les yeux un dixième de seconde avant de le regarder, puis les ouvre. Je vois une bonne figure souriante. Avec une assurance étonnante dans les yeux. Étonnante du moins de la part d'un infirme. Il a d'ailleurs tout à fait l'air adulte. Au point que je me demande une seconde s'il ne s'agirait pas d'un cas de simulation. Il est là, dans son fauteuil chromé, habillé d'une sorte de survêtement de sport qui ne laisse rien deviner de ses jambes ni du reste de son corps, mais le buste droit, l'apparence plutôt robuste. Nullement rétréci ni recroquevillé sur lui-même. Voilà la dame, dit sa mère en me présentant. Son visage un peu cendré devient alors tout rose et son sourire s'accentue gauchement, de telle sorte que je vois apparaître vraiment un enfant dans cette physionomie qui m'avait d'abord paru celle d'un homme.

En un sens, je suis plutôt rassurée. Je lui dis : Éric, on va certainement pouvoir s'entendre, est-ce que je peux te tutoyer ? Il fait oui de la tête, comme pétrifié, incapable de laisser sortir un son de sa gorge. Mais oui, dit la mère, vous pouvez. Je prends mon temps, fais quelques pas dans la pièce, reviens vers le fauteuil. Je demande : Tu aimes la lecture ? Signes affirmatifs de la tête. Tu aimerais entendre des histoires ? Mêmes signes. Pour te distraire ou pour t'instruire ? La mère intervient promptement : Oh, pour s'instruire, bien sûr, pour s'instruire… Alors, tout d'un coup, Éric parle, nettement, fermement : Non, pour me distraire, dit-il. Bref silence. As-tu des auteurs préférés ? Non, madame, vous choisirez vous-même, dit Éric. Nous vous faisons confiance, dit la mère.

En sortant, je n'évite pas d'être coincée encore un long moment dans la cuisine. Elle me raconte tout, les origines du mal, les espérances de guérison, les grandes qualités et les petits défauts d'Éric, elle, son époux, la cruauté du sort. Je sens monter la reconnaissance, à gros bouillons, dans sa bouche, dans ses yeux qui se mouillent. On dirait qu'elle attend le salut de moi. Je dois boire un café tiède. Et croquer un biscuit. Je promets de revenir dès le surlendemain, pour la première séance.

Le surlendemain, la température a changé. Une magnifique poussée d'« été indien ». Sur le Mail, mes concitoyens semblent avoir retrouvé une disponibilité estivale. Le soleil de l'arrière-saison envoie à travers les frondaisons déjà clairsemées une belle lumière poudreuse qui rend transparentes les chemisettes et les robes. Justement, j'ai mis une robe de crépon légère et ample, et mon premier geste, lorsque j'arrive chez Éric, avec mon livre de lecture, est de la soulever sur mes genoux. La maman nous a installés dans sa chambre, nous sommes assis l'un en face de l'autre, lui dans son fauteuil de malade, moi dans un fauteuil bas garni de coussins. Il fait vraiment chaud et, presque sans m'en apercevoir, je donne de l'air à l'étoffe sur mes jambes. Tout se passe comme si Éric ne voyait que cela et que ce geste banal provoquât une étrange concentration de sa part. Je m'empresse de lui montrer le livre que j'ai apporté, qui est une édition courante des contes et nouvelles de Maupassant, chez Garnier-Flammarion, dont la couverture s'orne d'un dessin représentant une paysanne normande avec sa coiffe sur le fond d'un village aux maisons serrées, et je lui annonce que je lui lirai plusieurs de ces histoires, toutes très passionnantes et pleines de surprises, aussi extraordinaires que celles qu'il peut lire dans certains des illustrés ou des recueils de B.D. que j'aperçois en pile sur un tabouret entre son fauteuil et sa table à médicaments, mais qui ont l'avantage d'être écrites dans un beau français, simple et dru. Il paraît convaincu et multiplie les signes d'approbation muets, comme il avait fait lors de ma première visite, sans toutefois quitter des yeux la lisière de ma robe, et même mes genoux, pourtant assez peu découverts. Je lui indique ensuite que nous allons commencer par une nouvelle particulièrement étonnante, et même fantastique, qui s'appelle *La Main*, dont le titre s'expliquera très vite pour lui et qui, j'en suis sûre, va le tenir en haleine du début à la fin.

Il paraît un peu fébrile, mais enthousiaste, impatient. Je me dis qu'il a sûrement une meilleure nature que bien des garçons de son âge. Et peut-être une vraie soif d'apprendre, d'entendre quelque chose de nouveau du fond de sa solitude d'infirme. Si, après tout, ce travail que je viens de m'inventer pouvait apporter une aide réelle, ici ou là… Je commence ma lecture :

« *On faisait cercle autour de M. Bermutier, juge d'instruction qui donnait son avis sur l'affaire mystérieuse de Saint-Cloud. Depuis un mois, cet inexpticable crime affolait Paris. Personne n'y comprenait rien…* »

Je m'arrête un instant, lève la tête de mon livre, pour dire à Éric que, s'il y a des mots qui le gênent, d'une manière ou d'une autre, il n'hésite pas à m'interrompre, à m'en demander le sens. Par exemple, le mot juge d'instruction. Sait-il exactement ce qu'est un *juge d'instruction* ? Réponse immédiate, plutôt vexée : Oui, madame, je le sais. Visiblement, il n'apprécie guère que je le prenne pour un enfant. Et, pis encore, pour un enfant attardé. Je sens confusément qu'il faut que je procède à certaines rectifications à son égard. Est-ce la raison pour laquelle je tire sur ma robe et découvre un peu plus mes genoux ? La chaleur est d'ailleurs réellement très forte dans la pièce. Par la fenêtre, j'aperçois une branche dont les feuilles sont si immobiles qu'on pourrait penser que jamais l'air n'a été aussi privé de brise, de souffle. Peut-être faudrait-il ouvrir. Mais la saison n'est plus tout à fait celle des fenêtres ouvertes. Le visage d'Éric est un peu rouge, et c'est maintenant de la manière la plus déterminée qu'il garde les yeux posés sur mes genoux. Il n'en reste pas moins très attentif à ma lecture. Il me semble qu'il est réellement intéressé. Qu'il capte avec précision tout ce que ma voix (dont j'espère la musique agréable pour lui, mais moi je suis vraiment incapable d'en percevoir les inflexions en ce moment) lui donne à entendre. Le détail de cette histoire curieuse qui parle maintenant de la carrière de M. Bermudier, installé un jour comme juge, en Corse, à Ajaccio, « petite ville blanche, couchée au bord d'un admirable golfe, qu'entourent partout de hautes montagnes ». Là, viennent souvent à ses oreilles et sur son bureau des affaires de vendetta :

« … *il y en a de superbes, de dramatiques au possible, de féroces, d'héroïques. Nous retrouvons là les plus beaux sujets de vengeance qu'on puisse rêver, les haines séculaires, apaisées un moment, jamais éteintes, les ruses abominables, les assassinats devenant des massacres et presque des actions glorieuses. Depuis deux ans, je n'entendais parler que du prix du sang, que de ce terrible préjugé corse qui force à venger toute injure sur la personne qui l'a faite, sur ses descendants et ses proches. J'avais vu égorger des vieillards, des enfants, des cousins, j'avais la tête pleine de ces histoires de vendettas…* »

Je m'arrête, toujours animée par le souci de vérifier si Éric me suit bien, s'il n'a pas de problèmes de compréhension. Tu connais le mot *vendetta* ? Réponse fusante : Oui, madame, je connais, je sais ce que c'est. J'ai cru sentir comme une pointe d'agacement cette fois dans ces paroles. Curieux garçon. Je le crois maintenant réellement pris par l'histoire et vraiment attentif à ce que je lis, bien qu'il ne soit pas décidé à lâcher mes jambes des yeux. Mais en même temps, il n'est pas du tout dans une attitude de passivité, quelque chose en lui me presse d'aller de l'avant, de continuer. Bon. Le juge rencontre l'Anglais. Nous arrivons au passage de la main :

« *Mais au milieu du plus large panneau, une chose étrange me tira l'œil. Sur un carré de velours rouge un objet noir se détachait…* »

J'entends comme un profond soupir suivi tout d'un coup d'un bref sifflement de poitrine. C'est comme si ces mots, *carré de velours rouge, objet noir,* avaient déclenché je ne sais quelle oppression. Une angoisse. Mais peut-être une angoisse admirative, étonnée. Je regarde Éric. Ses yeux croisent un bref instant les miens, comme s'ils me priaient avec insistance de poursuivre, puis redescendent. Je poursuis donc. La main. La chaîne de fer qui la rive au mur. L'inquiétude des voisins, des témoins. Puis un jour, le drame. La découverte macabre. L'Anglais assassiné. Suspense pour suspense, effectivement il y en a. Roland Sora avait raison. On ne peut faire mieux. Éric est comme fasciné. Ou terrorisé. Moi-même, je me sens portée, entraînée par la violence légère, tranchante comme un rasoir, des phrases, de leur rythme :

16

« … *Un frisson me passa dans le dos, et je jetai les yeux sur le mur, à la place où j'avais vu jadis l'horrible main d'écorché. Elle n'y était plus. La chaîne, brisée, pendait. Alors je me hissai vers le mort, et je trouvai dans sa bouche crispée un des doigts de cette main disparue, coupé ou plutôt scié par les dents juste à la deuxième phalange…* »

Cette fois, c'est un cri. Bref, mais aigu. Éric a rejeté la tête en arrière et a saisi à deux bras les accoudoirs de son fauteuil, comme pour s'y cramponner. Ses yeux paraissent avoir jailli de sa tête et un filet de bave sort de ses lèvres. Je pose le livre précipitamment et m'approche de lui, prends son poignet. Rien n'y fait. Tout son corps tremble, des frissons passent dans son dos et le pire est que ses malheureuses jambes paralysées se lancent en avant, comme agitées de convulsions. Je lui passe un mouchoir sur la bouche, sur le front. Mais la porte de la chambre s'est brusquement ouverte et sa mère est entrée. Elle crie : Mon Dieu, qu'est-ce qui se passe ? Qu'est-ce qui arrive ?… Elle me lance un regard qui est un vrai coup de poignard, se précipite vers l'enfant, tente de le serrer dans ses bras, renverse un flacon de mercurochrome qui se brise sur le sol en dessinant une tache rouge. Elle tremble presque aussi violemment que lui. Je lui dis qu'elle ferait mieux de trouver un calmant quelconque, quelques gouttes d'un produit qu'on pourrait lui donner à absorber, ou une piqûre qu'on pourrait lui faire. Elle s'agite encore plus, disant qu'elle n'a rien de tel, qu'il n'a jamais eu de crise pareille, qu'elle devient folle, qu'il faut appeler du secours, marche sur la tache visqueuse.

De fait Éric se calme, mais il apparaît que du secours est nécessaire. Il est maintenant prostré, le visage complètement blanc, la bouche toujours écumeuse, la tête penchée sur l'épaule, les yeux presque retournés. Il ne tremble plus, mais un spasme secoue le bas de son corps toutes les dix secondes. Je suis déjà au téléphone et j'appelle le SAMU. La mère, quand elle s'en aperçoit, est furieuse. Surtout pas l'hôpital, pas l'hôpital !… répète-t-elle. Elle cherche un carnet pour trouver le numéro d'un infirmier qui a l'habitude d'Éric, s'embrouille dans les pages, les déchire, s'agite. Mais que s'est-il passé ? crie-t-elle… Qu'avez-vous fait ? Que *lui* avez-vous fait ? Je me sens sottement prise de court, je balbutie, tout en passant ma main sur le front de l'enfant, en lui caressant les cheveux et en lui donnant de petites gifles pour le ranimer : Je ne sais pas, je lui lisais une histoire… un peu impressionnante peut-être… quand tout d'un coup, cet accès, ce malaise… Mon Dieu, mon Dieu, dit-elle en gémissant, maintenant vous le giflez, vous l'achevez, vous le tuez !

Heureusement, le SAMU arrive. Deux infirmiers et un brancardier sont là qui prennent tout de suite Éric en charge, demandent des explications sur son état. La mère les donne. Aussitôt après elle, je crois utile de répéter ma phrase stupide : Je lui faisais la lecture… une histoire un peu impressionnante peut-être… Un des trois hommes me regarde comme si j'étais une démente, une simple d'esprit au mieux. Ils observent un moment Éric, puis lui font une piqûre. Ils l'enlèvent ensuite de son fauteuil et l'emportent, sans utiliser le brancard : comme un paquet, comme une boule. Il est tout blotti dans les bras du colosse qui le tient. Sa mère hurle, pleure, tord ses mains. Un beau gâchis.

Je vais à l'hôpital dès le lendemain matin. Sûre d'être fraîchement reçue. Mais, fort heureusement, les choses sont à peu près rentrées dans l'ordre. On me dit au bureau de l'interne de service qu'on avait d'abord cru nécessaire de mettre Éric en réanimation, au moins pour une nuit. Mais très vite il était apparu, quelques antispasmodiques aidant, qu'il retrouvait un calme relatif, c'est-à-dire un rythme cardiaque et respiratoire normal, et pouvait passer sa nuit dans la chambre qu'on lui avait affectée, malgré un état de fièvre et de délire évident. Il est maintenant beaucoup mieux. Sa mère est auprès de lui. Je peux le voir.

En poussant la porte de la chambre, la 27, au bout du grand couloir blanc du premier étage du Centre de neurologie infantile, je m'attends au pire. C'est un sourire qui m'accueille. Le même sourire que le jour de notre première rencontre. Non seulement il a repris ses couleurs, mais son visage est franchement rose, presque trop irrigué. C'est la fièvre, me dit sa mère en se levant et en venant vers moi, pas loin de quarante, il paraît qu'il risque de la garder quelques jours, mais il n'y a plus rien de dangereux à craindre. Ils lui ont fait toutes sortes d'examens… Elle est complètement transformée elle aussi, ne semble plus avoir la moindre animosité à mon égard, plus de *souvenir* même, pourrait-on croire. C'est curieux. Inattendu. Éric sourit toujours. Une élévation sous le drap, dans la partie inférieure du lit, indique qu'on a dû placer un appareillage sur ses jambes, mais il n'a pas l'air très gêné, ne donne pas l'impression de souffrir en tout cas. Il me regarde intensément. Je sens que ses yeux glissent vers ma main droite, comme s'il pensait que je tenais un objet, ou *devrais* tenir un objet, un livre peut-être… Le fameux horrible livre. Je suis tout d'un coup traversée par l'idée insensée qu'il aimerait peut-être que je continue l'histoire… Mais ma main est vide. Je n'ai même pas apporté un paquet de bonbons, rien, pas la plus petite friandise ni la plus modeste fleur, persuadée de trouver Éric mal en point et de courir le risque de me faire jeter de sa chambre. Prenez une chaise, me dit la mère, et asseyez-vous là.

Je m'assois près du lit. Je prends la main d'Éric dans la mienne. Son poignet est évidemment très chaud. Je lui dis à voix basse : Mon garçon, je ne croyais pas te causer une telle émotion… il faut que tu me pardonnes… Il serre ma main, ne dit rien. Je devrais vous faire de très grands reproches, dit la mère, car nous sommes passés près de la catastrophe, mais je devrais sans doute m'en faire d'abord à moi-même, je ne vous ai pas assez dit combien il était sensible, vulnérable… Entre une infirmière porteuse d'un thermomètre et d'un petit plateau sur lequel sont posés un verre et deux gélules. C'est une grande et belle femme brune, droite, à la poitrine haute, au bassin large. Elle s'affaire un moment auprès de la fiche de température fixée au bas du lit, puis tend le thermomètre à Éric. S'adressant à elle, la maman dit : C'est la *personne* en question ! J'ai l'impression d'être dénoncée, livrée à la vindicte hospitalière, et effectivement l'infirmière change de figure, fronce sévèrement le sourcil. Ah, dit-elle, c'est vous ! Mais qu'est-ce que vous lui avez lu, pour déclencher un tel choc ? Ce n'est pas possible, pas croyable !… Je baisse le nez, tandis qu'elle enfonce son bras sous les draps pour aider Éric à prendre sa température. L'enfant garde les yeux fixés sur moi comme s'il me demandait de me taire, de le protéger, cherchait une complicité. Il tient toujours ma main, la serre. Je dis des mots évasifs : Vous savez… une histoire banale… je n'imaginais pas… Elle me regarde d'un air vraiment soupçonneux. Toute la nuit, dit-elle, il a montré le mur en face de lui, comme s'il y voyait quelque chose d'effrayant… là, là, disait-il… il gardait le bras tendu, l'index pointé… lui qui est infirme, il en arrivait même à s'asseoir dans le lit, pour mieux tendre le bras… on aurait dit qu'il vivait un cauchemar horrible… Puis, plus sèchement, en retirant le thermomètre : Vous devriez prendre des précautions dans votre métier…

Je suis abasourdie, muette. Mon métier ! Quel métier ? Il y a dix jours que j'ai mis cette annonce. Je me demande tout d'un coup ce que je suis en train de faire ici, dans cet hôpital ! L'envie me vient de sortir brusquement, de planter tout le monde là. Mais je ne suis pas au bout de mes difficultés. À peine l'infirmière vient-elle de quitter la chambre qu'un médecin arrive, escorté d'un assistant ou d'un interne. Un « professeur » sans doute qui fait sa tournée. Mais personne ne me le présente, ne me dit son nom. En revanche, on me présente à lui, et toujours de la même manière : la *personne* en question, ou quelque chose comme ça. Je vois tout de suite qu'il me considère avec un certain intérêt agressif (en lui-même : « Ah, c'est vous !… »). Après avoir examiné distraitement Éric, s'être assuré que son cas évoluait bien et avoir donné deux ou trois instructions brèves, il me demande de passer le voir un instant dans son cabinet.

Le cabinet est une salle blanche, tout à fait sinistre, avec une ampoule nue qui pend au plafond, un vieux portemanteau et un bureau encombré de papiers, d'imprimés, de bouquins flapis. Il me fait asseoir en face de lui, me dévisage longuement. Il n'y va pas par quatre chemins. Vous êtes tombée sur la tête, ma petite ! me dit-il. Vous savez ce que cet enfant a frôlé ? Une encéphalite. Vous ne vous êtes pas rendu compte que c'était un malade, un grand infirme, un sujet particulièrement fragile… Vous êtes irresponsable ou quoi ? Je bredouille quelques paroles vagues, essayant de faire comprendre que, si erreur il y a eu de ma part, elle était due à l'inexpérience, que je ne suis, hélas, ni qualifiée ni habituée… Il me laisse m'enferrer à plaisir. Il est corpulent, carré d'épaules, le visage un peu poupin, le cheveu en brosse, l'œil appuyé. J'ai l'impression qu'il me déshabille littéralement du regard. Mais, ô surprise, c'est lui qui se déshabille tout d'un coup. Il déboutonne et enlève sa blouse blanche dans un enchaînement de gestes rapides et apparaît, à ma stupéfaction, en slip bleu et chaussettes bleues. Dans cette tenue, il se met à tourner autour de moi en disant : Vous permettez que je me change ? Je ne réponds rien. Il continue à tourner, à prendre son temps, allume même une cigarette pour montrer qu'il n'est pas pressé. Puis il accroche sa blouse au portemanteau, va vers un placard situé au fond de la pièce, l'ouvre, prend une chemise et une veste accrochées à un cintre, un pantalon, une cravate. En enfilant ces différents vêtements, il me dit : Toute la nuit il a eu des visions, des hallucinations… il montrait le mur… il parlait d'une main… qu'est-ce que c'est que cette histoire que vous lui avez lue ? Je réponds : Une simple histoire de Maupassant. Il a fini de passer son pantalon. Il noue maintenant sa cravate devant un petit miroir fixé à l'intérieur de la porte du placard. Maupassant, dit-il, Maupassant… vous savez comment il a fini Maupassant ?… Le SIDA !… En tout cas, à son époque, on parlait de fièvre cérébrale pour désigner le genre de truc que vous avez failli coller à ce gosse… vous ne trouvez pas qu'il a assez de souffrances comme ça ?… vous ne comprenez pas que tout son système nerveux est à vif… à l'avenir…

De ma chaise, je coupe, sans le regarder : Il n'y aura pas d'avenir. Le professeur Dague – car il s'appelle ainsi – est maintenant tout habillé et cravaté, comme un vrai gentleman. Il écrase sa cigarette dans le cendrier, en allume une autre. Je lui dis en me levant : Vous fumez trop ! Pris au dépourvu, il me consent un vague sourire. Il me prend par le bras : Cet enfant vous attend, en fait il vous aime beaucoup, il est très attaché à vous… vous devez pouvoir l'aider… Le ton est devenu soudain très amical, attentif. Je sens le souffle chaud, imprégné de tabac, sur mon cou. Attaché à moi, dis-je, il ne me connaît pas ! Je me demande qui est le plus fou de tous les gens qui sont ici.

Mais bizarrement je me laisse convaincre. Je retourne à la chambre 27. Je me rassois près du lit. Éric me prend la main avec un empressement qui ne laisse pas de doute. Ses yeux fiévreux regardent les miens. La mère confirme : Il veut absolument que vous reveniez, tout cela n'a été qu'un malentendu, une erreur… nous comptons vraiment sur vous… il aime tellement la lecture !

Je suis dans la « chambre sonore ». J'ai entre les mains une lettre. La deuxième lettre qui vient de m'arriver par l'intermédiaire des journaux. J'ose à peine l'ouvrir, tant elle a l'air étrange. Bleue, comme les murs de ma pièce. Vaguement parfumée, dirait-on, mais peut-être est-ce une illusion de ma part. Le timbre collé à l'envers. Une écriture allongée et fourbue. Au dos, on peut lire : La Générale Dumesnil (ou Dumézil, les lettres sont particulièrement tremblées et chevauchantes), rue des Rives-Vertes. Je suis perplexe, inquiète. Les beaux quartiers de la ville. Une « Générale ». Je vais devoir réellement jouer la lectrice des anciens âges. Il fallait que ça arrive. Mais si vite ! Tant pis pour moi.

Oui, décidément l'enveloppe est parfumée. Un patchouli un peu éventé. J'ouvre tout de même et je lis. Effectivement, cette dame est la veuve d'un général. Elle a quatre-vingts ans. Elle garde le plus souvent le lit. Elle s'ennuie. Elle aimerait qu'on vienne lui faire la lecture. La lettre n'est pas très aisée à déchiffrer, l'écriture gondole fortement, surtout en bout de lignes, comme il arrive avec les vieillards qui n'ont plus leurs yeux et leurs doigts. Mais il y a tout de même dans ce message comme une autorité et une dignité surprenantes. La vieille dame doit avoir quelque chose d'aristocratique. D'ailleurs, à la fin, elle me demande ce que seront mes gages, preuve qu'elle tient une lectrice pour une domestique. Je répète à très haute voix, dans la chambre. *Mes gages, mes gages*, comme Sganarelle, un rôle que j'ai tenu. Les murs me renvoient un écho de ces mots, multiplié très loin, presque à l'infini, avec une longue vibration du *a* ouvert. C'est drôle. C'est même cocasse. J'adorais autrefois jouer Molière et il paraît que je réussissais bien surtout dans les servantes (pas seulement dans Sganarelle). Voilà une occasion de me faire servante. Mais que lire à Madame la Générale ? À quatre-vingts ans, il vaudra sans doute mieux éviter les histoires fantastiques de Maupassant. Sinon, ce ne sera pas l'hôpital, mais la morgue. Il est préférable que je ne me fasse pas une spécialité de tuer mes clients.

En fait, je n'ai pas lu toute la lettre, par une sorte de manque d'enthousiasme et de conviction, de semi-refus inconscient. Il y a un post-scriptum, encore plus incommode à déchiffrer que le reste, que je n'ai pas regardé. La Générale y écrit ceci : « J'ai oublié de vous préciser que je suis brouillée avec à peu près toute ma famille à cause de mes idées politiques, ce qui éclaire ma solitude. » Je trouve évidemment cela curieux. La Générale serait-elle une vieille toquée réactionnaire ? Le petit bout de phrase *ce qui éclaire ma solitude* est d'une incroyable bizarrerie. Il semble dire exactement le contraire de ce qu'il veut dire. Sans doute : *ce qui explique ma solitude*. Maladresse, impropriété due à un usage cahoteux de la langue française ? Il se peut. Je m'aperçois en effet, ce que je n'avais pas remarqué tout de suite, que la lettre est signée : Générale Dumesnil, née Comtesse Pázmany, un nom étranger, hongrois peut-être… J'entends cette phrase résonner à mes oreilles : *ce qui éclaire ma solitude*. Je répète ces mots plusieurs fois. Les murs bleus me les renvoient. En fermant les yeux, je vois une cave noire où brille une lampe. La voûte éclairée par cette lampe. La solitude éclairée par une bougie, une chandelle, comme dans les tableaux de Georges de La Tour. La nuit, l'obscurité, le contre-jour derrière mes paupières.

Je tiens la lettre entre mes doigts, réellement accablée. Faut-il que j'aille chez cette comtesse ? Dans quelle histoire impossible vais-je encore me fourrer ? L'odeur de patchouli monte à mes narines, légèrement écœurante. Qu'est-ce que cette vieille coquette ? Je suis si bien dans cette chambre. Il y a des jours où je me dis que je ferais mieux de ne jamais sortir de chez moi.

Je me décide à rendre une nouvelle visite au « vieux professeur ». Il n'a pas l'air d'excellente humeur aujourd'hui. Ni même au meilleur de sa forme. Des poches se dessinent sous les yeux. Et le sourcil se fronce. C'est l'époque des examens, des copies, des mémoires qui tombent de tous les côtés. Je lui demande, pour dire quelque chose, s'il fait toujours du tennis. Non, me rétorque-t-il d'une manière un peu sèche, du jogging maintenant. Je l'imagine, l'espace d'une seconde, en survêtement le long d'une allée de bouleaux, ou de platanes, sur le tapis des premières feuilles mortes, suant, soufflant (non : essayant de mesurer son souffle), les coudes au corps. Mais déjà, le sourcil s'est défroncé. Aucun doute, je le vérifie une fois encore : quand il me voit, il est content, même si je le dérange. Il ne le montre pas tout de suite, mais ça finit toujours par apparaître. Je suis très contente moi aussi. Il me rassure. Et, dans le désarroi où je suis, j'ai bien besoin de ses avis.

Je commence par lui raconter l'histoire d'Éric. Il m'écoute en signant quelques papiers, puis tout d'un coup pose son stylo et se met à me dévisager longuement avec une réelle perplexité. J'ai l'impression que mon récit lui paraît complètement insensé. Pourtant je ne déforme rien, n'exagère rien. Je lui dis : Tout cela est de votre faute, puisque c'est vous qui m'avez engagée à choisir cette nouvelle de Maupassant, *La Main*, pour ma première lecture. En effet, dit-il en se levant brusquement, c'est moi ! Il bourre sa pipe. C'est moi ! C'est ma faute ! Mais peut-être aurait-il fallu tenir compte de l'auditeur ! De sa sensibilité et de son état ! Non ? Tu ne crois pas que ç'aurait été plus prudent ? Il arpente vivement le bureau, la pipe à la main, puis à la bouche. Il se rassoit, me regarde encore. Tu sais très bien qu'il existe un rapport texte-lecteur dont on ne peut pas faire l'économie. J'ai le sentiment que c'est le *professeur* qui parle et j'ai envie de rire. Je cache cette envie en baissant la tête comme si j'étais prise en faute.

Quand je lui dis qu'Éric va maintenant beaucoup mieux et que, de surcroît, il veut continuer à m'avoir pour « lectrice » avec l'assentiment de sa mère, il paraît à son tour s'amuser vivement. Ça ne m'étonne pas, dit-il, tu finis toujours par mettre les gens dans ta poche ! Mais peut-être ta voix l'a-t-elle définitivement séduit ? Un jeune homme… et un jeune homme meurtri dans son corps… Tu as de si belles intonations ! Ah ! dis-je. Il se lève, vient vers moi, me met une main sur l'épaule. Je juge le moment favorable pour lui exposer la deuxième sollicitation dont je suis l'objet. Bien, dit-il, intéressant, mais cette fois il faudra prendre des précautions, ne pas faire de faux pas, parce que c'est peut-être une vieille folle, mais peut-être aussi une riche veuve, pour le coup tu es sûrement sur la voie d'une carrière rémunératrice. Il est clair qu'il se moque de moi, mais gentiment. Je ne sais pas trop que dire, quand je vois qu'il s'est prestement éloigné de mon épaule pour bondir, comme l'autre jour, à sa bibliothèque. Encore une vieille édition à couverture brune. C'est un Zola cette fois. Il ne sortira jamais de ces naturalistes ! Il cherche, compulse, feuillette, avec le geste élégant de ceux qui ont beaucoup lu et savent qu'ils vont très vite retrouver la page à débusquer. *L'Œuvre* de Zola, s'écrie-t-il, un magnifique livre, tu le connais sûrement, le portrait grandiose et tragique d'un peintre, Cézanne peut-être… eh bien, dès le début il est question d'une drôle de gamine qui s'appelle Christine… le héros la recueille un soir de pluie battante devant son atelier, il l'héberge, la fait parler, et elle lui raconte qu'elle vient d'arriver de sa province à Paris, toute seule, toute perdue, toute paniquée, pour… pourquoi ?… ah, pourquoi ?… pour devenir lectrice chez la veuve d'un général !… Voilà le passage ! Il a orienté le livre vers le jour, vers la fenêtre qui donne sur les pelouses du campus :

« *Christine, en quelques paroles, conta les choses. C'était la veille au matin qu'elle avait quitté Clermont pour venir à Paris, où elle allait entrer comme lectrice chez la veuve d'un général, Madame Vanzade, une vieille dame très riche, qui habitait à Passy. Le train, réglementairement, arrivait à neuf heures dix, et toutes les précautions étaient prises, une femme de chambre devait l'attendre, on avait même fixé par lettre un signe de reconnaissance, une plume grise à son chapeau noir…* »

Roland Sora paraît très satisfait d'avoir retrouvé ces quelques lignes. C'est parfaitement conforme, dit-il, tu rentres comme lectrice chez la veuve d'un général ! Le mieux est de lui lire ce texte-là, ce livre-là, ce sera parfait ! Je me sens très méfiante. Si Zola allait réserver des surprises encore pires que celles de Maupassant ? Ces auteurs qui font dans la *réalité* sont ceux qui soulèvent le plus de délires. Et ma vieille générale, plutôt que de se voir tendre un mouchoir ridicule, a peut-être envie de lectures raffinées ou poétiques pour endormir les douleurs de son vieil âge. Je suis d'ailleurs en train d'oublier qu'elle est aussi une comtesse hongroise : peut-être aimerait-elle des auteurs hongrois… Roland est revenu vers moi, tenant le livre fermé dans sa main gauche. De la droite, il rectifie quelques cheveux au milieu de ma frange. Tu porteras, dit-il, un chapeau avec une plume noire ! Je lui demande s'il connaît des auteurs hongrois. Comme je n'ai pas explicité le pourquoi de ma question, il me considère avec l'étonnement un peu soupçonneux qui est le sien chaque fois que je le déconcerte (et c'est malheureusement fréquent). Petöfi, dit-il... Puis, comme il doit trouver que c'est vraiment banal pour un professeur d'université, il ajoute après un temps de réflexion : Konrad György, un admirable romancier... ou Solmyó, un magnifique poète... Je lui demande de noter cela pour moi, mais tout d'un coup il se frappe le front, ces auteurs hongrois viennent de lui rappeler qu'il a une importante thèse de littérature comparée à lire pour le lendemain et il me met pratiquement à la porte. Avec son sourire le plus chaleureux pourtant. Il pousse même la prévenance jusqu'à me raccompagner au bout du couloir. Des étudiants lui font des sourires. Un collègue lui adresse un salut amical de la main. J'ai un peu la nostalgie de ces lieux où je me trouvais autrefois plutôt bien. Mais ils ont changé. Il y avait alors des affiches et des tracts partout, et ça sentait la révolution. Maintenant, c'est plein de gobelets en plastique et de bouts de Kleenex qui traînent, et ça sent le coca-cola.

Nouvelle séance de lecture chez Éric. Tout se passe bien cette fois. Il a voulu encore du Maupassant, comme pour montrer que cet auteur ne lui faisait pas peur, qu'il n'était pas prêt à y renoncer. Mais j'ai choisi cette fois une histoire de tout repos, *La Parure,* dont je me souvenais d'ailleurs fort bien pour l'avoir lue un jour de mon adolescence : je ne retrouvais pas exactement où ni quand, mais je voyais une grange par un jour de pluie, j'étais assise dans la paille et je lisais cette histoire. Il était question d'un bal et de magnifiques bijoux. J'avais l'impression qu'ils scintillaient là, au milieu de la paille qui piquait mes cuisses. La femme qui les portait, ou plus exactement les avait empruntés pour les porter, était radieuse. Folle de bonheur et de plaisir. Et là, maintenant, tout d'un coup, devant ce garçon infirme :

« ... *Elle dansait avec ivresse, avec emportement, grisée par le plaisir, ne pensant plus à rien, dans le triomphe de sa beauté, dans la gloire de son succès, dans une sorte de nuage de bonheur fait de tous ces hommages, de toutes ces admirations, de tous ces désirs éveillés, de cette victoire si complète et si douce au cœur des femmes...* »

Je sens Éric tout frémissant. Au point que je me demande si je n'ai pas encore fait un mauvais choix, une erreur inverse de la précédente : cette image de femme, ce vertige... Mais non, il est très calme. Son frémissement est dans le pressentiment d'un bonheur qu'il ne connaît pas. Les mots *ivresse, emportement, désirs éveillés* sont des mots forts pour cet enfant visiblement intelligent et – je le sais bien maintenant, je ne le sais que trop – hypersensible. Moi aussi, j'avais ma sensibilité à vif, dans la grange, pendant que tombait la pluie lourde et chaude (où était-ce ? quand était-ce ?). Pourquoi n'aurait-il pas droit à la vie ? À l'ivresse de la vie ? Comme je suis venue en jeans, j'ai l'impression tout d'un coup qu'il est très déçu. C'est peut-être une impression fausse, ou absurde, ou complètement subjective. Mais à sa façon de remuer la tête, de laisser errer, flotter autour de moi son regard, puis de le reprendre comme pour le faire entrer en lui, avec un curieux mélange de gêne et d'impatience, il me semble qu'il n'est pas content de voir mes jambes empaquetées dans ce tissu toilé.

Au bout d'un certain temps, l'histoire semble produire son effet. Oui, il écoute ! Je ne fais pas la lecture pour rien. Je la fais pour quelque chose. On dirait même que le moindre des mots que je prononce est enregistré par Éric comme par la pointe sensible d'un sismographe. Oui, un tremblement secret, capté avec une extraordinaire précision : telle est la forme de son attention à ce texte, à mon avis plutôt plat, du petit-maître Maupassant, mais qui parle de choses chatoyantes et ruisselantes. L'important n'est pas la manière dont elles sont écrites, mais la manière dont elles sortent de ma bouche et de mon corps. Comme était importante la manière dont elles dansaient dans mes yeux, là-bas, dans la grange, au milieu de la paille, quand la pluie tombait. J'ai une immense pitié pour ce petit paraplégique, une immense tendresse qu'il ne soupçonne même pas. Pourquoi n'aurait-il pas droit au bonheur, à la pluie, au soleil ?

C'est une servante qui m'accueille chez la Générale Dumesnil. Je ne dis pas une « bonne » car elle a vraiment du style et d'assez grands airs dans sa blouse amidonnée. Elle m'introduit dans une chambre où je ne vois qu'un lit. Un lit immense, démesuré, qui semble occuper toute la pièce. La Générale est là, dans un amoncellement de coussins et de livres. Il y a aussi un gros chat de race, un peu mauve, enfoui au milieu des couvertures. Elle me fait un signe de la main et me dit : Entrez, entrez, Nouchka, approchez-vous, asseyez-vous. Pourquoi Nouchka ? Sans doute une habitude et un signe de cordialité, mais j'évite de me poser la question. Je ne remarque pour l'instant que son accent qui est évidemment un accent d'Europe centrale, hongrois probablement, marqué dans la façon dont elle a roulé Nouchka. Elle a l'air très satisfaite de me voir, elle m'invite à prendre place sur un tabouret assez bas, donne congé à la servante et se met à m'expliquer sa situation et ses problèmes.

Il est clair que ses quatre-vingts ans n'ont pas entamé la vigueur de son caractère et qu'elle est de ces personnes au verbe intempérant dont il faut se résigner à recevoir de plein fouet les flots de confidences. Je me résigne, le dos rond, tout en gardant l'apparence de la plus parfaite politesse, car je sens que ma nouvelle profession aujourd'hui « s'installe ». La Générale, d'un revers de main qui balaie le dessus du lit, me montre tous les livres étalés là et me dit qu'hélas, elle ne peut plus les lire, ses yeux l'abandonnant. Elle se penche pour saisir sur la table de nuit trois paires de lunettes différentes qu'elle jette, avec une sorte d'écœurement, sur ses couvertures : aucune des trois ne lui apporte plus le moindre secours. Elle devient aveugle. Ce que je vois tout d'un coup à la manière dont une sorte de brouillard occupe ses yeux, pourtant très beaux et très clairs, à son air surtout de regarder à côté de moi au moment même où elle paraît me dévisager. Eh oui, dit-elle, la *cataracte* ! La façon dont elle prononce ce mot est si belle, si roulée, si pleinement slave cette fois, qu'il n'y a plus de doute sur ses origines. Sa passion était la lecture. Mais pas la lecture de n'importe quoi. Il faut que je le sache bien, puisqu'elle attend de moi que je supplée à la défaillance de ses yeux. Non, pas n'importe quoi. Ses auteurs favoris, et, essentiellement, l'un d'entre eux : Marx.

Je fais répéter, crainte d'avoir mal entendu à cause de l'accent. C'est bien cela : Marx. Elle dit : Marx et accessoirement (là encore, magnifique roulade de l'adverbe) Lénine. Comprenant que je suis la proie du doute, elle soulève ses genoux dans le lit pour agiter les coussins et les couvertures, fait fuir le chat et tomber vers moi quelques-uns des livres qui sont là. Je vois s'écrouler à mes pieds pêle-mêle, *Le Capital*, *L'Idéologie allemande*, *Matérialisme et Empiriocriticisme*. Mesurant cette fois l'ampleur de ma surprise, elle se met alors, sans me donner le temps de placer le moindre mot, à me renseigner sur sa vie et ses positions.

Elle est comtesse et comtesse authentiquement hongroise : la comtesse Pázmany (elle a signé ainsi la lettre qu'elle m'a adressée, elle espère que je m'en suis rendu compte). Son mari était un officier français, le Général Dumesnil, en poste à Budapest où leur rencontre avait eu lieu avant la guerre. Il était attaché militaire (et alors simplement lieutenant), elle passait pour une des femmes les plus fêtées de l'aristocratie hongroise. Elle avait été présentée à son futur époux à un bal où elle portait la plus précieuse de ses parures (délicieuse roulade, grave et très flûtée à la fois), un collier étincelant, et le coup de foudre avait été immédiat. Ils s'étaient mariés et avaient vécu heureux. Jusqu'au jour où elle avait compris que tous ces attachés militaires n'étaient que des espions et des contre-espions, des agents de services secrets camouflés et opérant au profit de qui ? De la C.I.A. (peut-être ne disait-on pas la C.I.A. à cette époque, mais il s'agissait de la même chose). Elle en était sûre, archisûre et elle pouvait le prouver. Elle avait vu son mari à l'œuvre d'assez près. La Révolution de 1949 avait balayé tout cela. Elle était encore là au moment de la constitution du bloc socialiste et de la victoire du Parti des travailleurs. Sur le moment, elle avait pris peur comme tout le monde, et son mari, passé entre-temps général et revenu en mission à Budapest après la guerre, qui ne se sentait pas du tout tranquille d'être l'époux d'une comtesse et voyait les choses sur le point de très mal tourner et pour elle et pour lui, avait demandé son rapatriement en France. Ils étaient venus prendre une retraite anticipée dans cette triste petite ville. La France lui avait toujours paru étriquée. Mais là, dans ce trou, c'était le comble. Vu de loin, et avec le recul, son pays lui avait paru, en comparaison, animé par un soubresaut historique aussi puissant qu'un tremblement de terre… (magnifique roulement magyar sur le mot une fois encore, elle s'arrête comme un peu épuisée par l'effort, reprend son souffle…). Aujourd'hui elle en mesurait toute la portée ; des dégâts, bien sûr, mais on ne fait pas d'omelette sans casser des œufs, en tout cas elle n'en démordrait plus jamais, on pouvait l'injurier, la traîner dans la boue, la traiter de *rouge* (c'était ce que faisait d'ailleurs son mari), elle était convaincue des bienfaits de cette tempête historique… Pour faire bonne mesure, elle ajoutait que la répression du mouvement insurrectionnel de 1956 avait été une chose pénible, certes, et douloureuse, mais que malheureusement il n'y avait pas eu le choix : cela ou la contre-révolution… il était impossible de laisser passer la contre-révolution… Kadar avait bien fait, c'était un grand homme… la preuve, il s'était maintenu au pouvoir depuis et était maintenant respecté de tout le monde… un héros… peut-être même un saint…

À mon étonnement, elle se penche vers le tiroir de sa table de nuit et en sort une photographie de Kadar qu'elle embrasse sur le front, comme elle aurait fait d'une icône ou d'une image pieuse. Il a évité le pire, dit-elle, le pire ! Et il a fait preuve d'une fermeté tranquille peu commune, vous voyez cela à la forme très énergique du menton, de la mâchoire et aux pommettes un peu hautes, comme il arrive quelquefois chez nous… on dit que nous sommes une race d'Esquimaux, vous savez, de Lapons, je ne sais quoi, au beau milieu de l'Europe…

Elle s'arrête pour agiter une sonnette. Elle demande à la domestique qui vient de se présenter, la mine plutôt renfrognée, de nous apporter du thé, qui ne sera ni lapon ni hongrois, dit-elle en riant, mais du très bon thé à l'orange de Sri Lanka dont elle a l'habitude de boire au moins six tasses par jour. Elle espère que je voudrai bien le partager avec elle, maintenant que je suis sa lectrice appointée (c'est elle qui dit *appointée*, sans la moindre roulade cette fois, évidemment, mais avec le son filé qu'elle maîtrise si bien). Car nous allons nous entendre. Je lui plais. Je suis vraiment celle qui lui convient (je n'ai pourtant pas ouvert la bouche, ou presque pas). Bien entendu, il faut voir si je suis capable de lire Marx correctement. Car, dit-elle, tout le petit cours d'histoire que je vous ai fait, Nouchka, sans Marx, n'aurait aucune espèce de raison d'être, puisque ces événements grandioses qui ont transformé mon pays de fond en comble n'auraient même pas eu un commencement d'existence. Donc, nous allons faire un essai ! Elle attrape, dans ses couvertures, un ouvrage qu'elle paraît reconnaître au seul toucher et me le tend, en me disant d'autorité et sans la moindre hésitation : Page 125, lisez ! C'est *L'Anti-Dühring*, un passage que je ne me lasse pas d'entendre... Je prends le livre, l'ouvre à la page dite, demande si c'est le passage marqué d'une croix. Oui, dit-elle, une croix, et dans la marge il doit y avoir une annotation au crayon : *La morale a toujours été une morale de classe*, c'est le sujet de ces pages... magnifiquement traité... allez-y, commencez ! Je commence :

« *Lorsque nous voyons que les trois classes de la société moderne, l'aristocratie féodale, la bourgeoisie et le prolétariat ont chacune leur propre morale, nous n'en pouvons tirer qu'une conclusion, c'est que consciemment ou inconsciemment, les hommes puisent en dernière instance leurs idées morales dans les conditions matérielles sur lesquelles repose la situation de leur classe, dans les conditions économiques de leur production et de leurs échanges...* »

Quelle merveille ! dit-elle. J'aurais préféré que vous me lisiez cela en allemand ou dans la traduction russe de Lounatcharski, parce que cette traduction française est un peu boiteuse, mais naturellement vous ne pouvez pas, ça n'a pas d'importance, l'essentiel, c'est les idées, et, vous le voyez, elles sont ajustées... ah, les trois classes... l'aristocratie féodale... je la connais, vous savez, j'en sors... je les connais les boyards... je sais de quoi je parle... et je sais de quoi *il* parle... j'ai trempé, baigné, pataugé là-dedans... vous ne savez pas ce qu'est la pourriture... la pourriture de classe... la morale... elle était belle leur morale...

Je suis d'autant plus sidérée que le texte m'a paru d'un ennui mortel et que ce n'était pas sans un profond sentiment d'appréhension que je m'en voyais poursuivre la lecture. Mais elle semble ravie. Comblée. Elle murmure entre ses coussins : Je ne me lasse pas d'entendre ces choses ! Puis, brusquement, elle descend au fond de son lit, me fait un signe de la main et me dit : Parfait ! l'expérience est concluante, vous avez une très belle voix, claire, bien timbrée, bien adaptée, vous viendrez me lire Marx deux fois par semaine, deux heures chaque fois, et vous aurez deux cents francs par séance, mais maintenant excusez-moi, il faut que je dorme ! Et d'un seul coup, elle se tourne sur le côté, tire les couvertures sur sa tête, plonge dans le sommeil.

La domestique arrive avec le thé à l'orange. Je sens que je vais le boire toute seule. À moins que ce ne soit elle, la porteuse de plateau, toute pincée et amidonnée, qui ne le partage avec moi. C'est ce qui arrive. Au moins, nous pouvons comprendre une chose : c'est que nous sommes servantes toutes les deux, sur le même pied. Buvez, me dit-elle, je pense que vous lui convenez, nous allons maintenant fixer les jours et les horaires.

Je bois. La semaine dernière, le chocolat. Aujourd'hui le thé. Ma profession tend à devenir un peu mondaine. Mais mon salaire tend à se préciser. J'ai ce que j'ai voulu.

Peut-être est-il temps que je me décrive. Je suis plutôt grande, mince du haut, un peu large du bas. J'ai des cheveux noirs traversés de reflets roux, arrondis en frange sur le front, attachés en banane sur la nuque. Des yeux verts. Un visage aigu, un peu coupant, que l'on disait ingrat quand j'étais petite fille. Je me souviens avoir pleuré longtemps un jour, parce qu'un cousin m'avait traitée d'« abominable perruche ». Il m'en est resté le sentiment très vif que, pour certains, je peux ressembler à un oiseau. Pourtant, même si j'ai le nez légèrement arqué, j'ai les lèvres pleines et très pulpeuses, et mon teint, je pense, fait penser plus à la pêche qu'à la plume.

Pour revenir au corps, mon cou est dégagé sur mes épaules, mes bras sont minces, ma taille est mince, et mes seins sont bien séparés, certainement un peu trop abondants pour mon buste, mais j'ai découvert que cela m'était un atout considérable dans bien des circonstances, alors que j'avais pu croire pendant longtemps qu'il s'agissait d'un désavantage. Nue devant une glace, je me fais en tout cas une impression plutôt favorable, au moins jusqu'à la ceinture. Au-dessous, je l'ai déjà dit, c'est nettement différent. J'ai le bassin fortement dessiné et, donc, le ventre large et les fesses pleines. Ce peut être un atout aussi. Il y a toutefois une période de ma vie où je ne portais pas volontiers de pantalon ou de jeans, contrairement à la mode. Aujourd'hui, j'en porte, et même serrés. Il paraît que ça me va très bien, selon les spécialistes. J'ai oublié un détail, à propos du ventre, qui est un vrai signe particulier (mais ma carte d'identité ne le mentionne pas) : au lieu d'avoir le nombril parfaitement au milieu comme tout le monde, je l'ai légèrement décentré, en haut et à gauche. Restent les jambes. Les cuisses sont un peu trop pleines elles aussi, mais avec les genoux, les mollets et l'attache des chevilles, cela devient parfait, toujours selon les experts.

Mon corps, je voudrais l'indiquer, est régulièrement entretenu par des séances de gymnastique douce auxquelles m'a entraînée Françoise et je me sens, dans l'ensemble, en excellente forme, malgré quelques vagues plissements et froissements que j'ai cru éprouver çà et là dès après la trentaine. Je donne à ceux qui me voient une impression de bonne santé et, comme je suis rieuse, mon apparence a quelque chose de rassurant, et même de tonique s'il faut en croire Philippe, mon mari. Certains voient malheureusement dans cet air de gaieté je ne sais quelle insolence. Je ne suis pas du tout insolente. Je suis comme je suis. Une femme sans doute pareille aux autres. Mais une femme, oui.

Ai-je les qualités pour faire une bonne lectrice ? C'est évidemment un autre problème. Il faudrait peut-être, pour le sérieux, que je mette des lunettes. J'en porte d'ailleurs très souvent, de soleil. Mais je crois qu'il faudrait de vraies lunettes, même si elles ne sont que des bouts de verre blanc. Je vais y penser.

Justement, je décide de parler de cette idée de lunettes à Roland Sora. Ce jour-là, il dispose d'un certain temps et c'est dans une cafétéria voisine de la faculté que nous discutons. Il fait encore très bon, mais l'automne tout de même est là : à travers la paroi vitrée qui ferme la cafétéria sur la droite, on voit les feuilles mortes qui s'amoncellent sur la pelouse, l'herbe jaunissante. Pourtant, quelques étudiants sont encore assis çà et là, en plein air, en train de bouquiner, comme si c'était toujours l'été.

Nous avons pris des cafés et des portions de tarte. Roland dit très gentiment que des lunettes m'iraient sûrement bien et me donneraient la petite touche intellectuelle qui me manque peut-être, donc augmenteraient ma crédibilité (c'est lui qui prononce le mot, pas moi), dans ma nouvelle activité. Il ne voit malheureusement pas à quel opticien je peux m'adresser pour demander des lunettes purement postiches, sans provoquer la perplexité. Je lui dis que je me fiche bien de provoquer la perplexité. Ou alors, dit-il rêveur, en portant la tasse de café à ses lèvres, l'œil perdu, ou alors : bleutées, teintées, il faut demander des lunettes non correctives, mais légèrement bleutées... Je lui réponds que le plus simple serait d'aller carrément chez un accessoiriste. Il pose la tasse, montre une hésitation, comme s'il n'avait pas très bien perçu le ton que je voulais donner à cette phrase, je le sens un peu sur la défensive, peut-être croit-il que je me moque de lui, puis il me répond : Pourquoi pas ? Après tout, Marie-Constance, tu as l'habitude du théâtre.

Il regarde sa montre. Il me semble tout à coup que cette conversation sur les lunettes va tourner court ou devenir oiseuse. Mieux vaut passer à quelque chose de plus décisif. Vais-je sortir de mon sac la lettre que j'ai reçue la veille ? La troisième qui me parvient, à la suite de la parution de mon annonce. Je n'en ai encore parlé à personne, ni à Philippe ni à Françoise. C'est une lettre d'un autre type celle-là, tapée à la machine. Et une lettre d'homme. Elle me paraît importante. Elle est là dans mon sac. En un sens, elle fait battre mon cœur, parce qu'elle contient une part d'inconnu, mais aussi parce qu'elle a un côté tout à fait sérieux, tout à fait officiel. Et je suis plutôt contente d'être prise au sérieux. Je la sors. Je la lis, à voix haute, pour épater Roland :

Madame,

J'ai pris connaissance de votre annonce publiée dans la presse locale ces jours derniers. Président-directeur général d'une grande entreprise, je mène une existence très occupée. Dans les très rares moments libres que me laisse mon emploi du temps, j'ai pensé que les séances de « lecture » que vous proposez pourraient m'aider à parfaire une culture générale devenue de plus en plus indispensable aujourd'hui, surtout dans le type d'activité et de responsabilités qui sont les miennes, et que je n'ai pas le loisir d'acquérir autrement. En d'autres termes, j'aimerais me « tenir au courant », savoir ce qui se lit, ce qui se dit, de quoi on parle. Vos conditions seront les miennes.

Si cette offre vous agrée, Mademoiselle, veuillez avoir l'amabilité de prendre contact avec moi, etc.

Je lève la tête pour juger de l'effet produit. Roland n'a pas l'air tellement content. Plutôt renfrogné, même. Il finit son bout de tarte en dodelinant de la tête, avec une expression de grande méfiance. J'en étais presque sûre, mais j'ai avancé mon petit pion. À ta place, dit-il, je serais prudente. – Ah, pourquoi ? – Parce qu'il dit Mademoiselle à la fin après avoir dit Madame au début, à moins que l'erreur ne vienne de toi… Non, l'erreur ne vient pas de moi, il a bien écrit Madame au début de la lettre et Mademoiselle dans la formule de politesse, c'est un fait. – Un fait significatif, dit Roland, pas du tout innocent. – Eh bien… alors ? – Alors rien, prudence, c'est tout ! Pourtant, très vite maintenant, il change de ton, le premier choc doit être passé : Un P.-D.G., dit-il, rien que ça ! J'enchaîne en disant que c'est une chance inespérée, un événement tout à fait inattendu, que j'ai décidément eu une excellente idée en mettant cette annonce, malgré ce qu'ont pu penser les uns et les autres, que le résultat est là, que je suis vraiment sur la voie d'avoir une clientèle digne de ce nom.

Attention, prudence ! répète Roland Sora. C'est peut-être un piège. Ce monsieur-là peut avoir une idée derrière la tête. Tu n'es pas tout à fait idiote, non ? Tu vois bien ce que je veux dire ? Je fais semblant de réfléchir. Oui, je vois, je vois... Je tourne et retourne la lettre dans mes mains. Il doit croire que je m'amuse, lui donne la comédie et pourtant je suis réellement satisfaite, tout à fait contente de cette proposition. Ce n'est pas une chose que j'ai inventée. Elle est là, entre mes doigts, bien nette, bien claire, bien tapée, par une secrétaire stylée sans doute.

Justement, Roland jette un coup d'œil un peu oblique sur l'enveloppe et tente de lire l'en-tête. Je viens à son secours. *Société Nickeloïd*, dis-je. J'avoue que, quand j'ai lu ça, j'étais à cent lieues de penser... j'ai cru que c'était une lettre pour Philippe, ou une facture, ou je ne sais trop quoi... *Nickeloïd ?* Qu'est-ce que ça peut être ? Qu'est-ce que vous en pensez ? Il m'a pris l'enveloppe des mains et la regarde avec suspicion. Je ne sais pas, mais j'espère que c'est une vraie société... et un vrai P.-D.G.... un P.-D.G. qui veut se recycler... s'acheter les moyens d'une culture rapide pour mieux réussir ses affaires... affaires, voilà, c'est le mot... tout est affaires... il me reste à espérer que celle-là sera vraiment fructueuse pour toi, chère Marie-Constance, je le souhaite de tout cœur, mais je répète : prudence ! ouvre l'œil ! avec les hommes, on ne sait jamais... Je feins de ne pas très exactement comprendre : les hommes ?... Oui, dit-il impatienté, les hommes, l'espèce masculine !

Je le remercie de ses avis paternels. Mais il glisse un dernier soupçon. Comment se fait-il, dit-il, que cette lettre arrive si tard, si longtemps après la publication de l'annonce, car si je ne me trompe, il y a bien maintenant trois semaines qu'elle a paru, non ? Il compte sur ses doigts : la semaine du petit handicapé, la semaine de la Générale, la semaine de l'hôpital, ou alors l'inverse, je ne sais plus bien l'ordre des événements... tu es déjà vieille dans le métier, bientôt un mois... Comment se fait-il que ce monsieur ne se manifeste qu'au bout d'un mois ?

Il finit son café. Il a le sourcil vraiment froncé. C'est, lui dis-je, qu'il est prévu par contrat que l'annonce reparaisse toutes les trois semaines. Elle vient justement de reparaître. Puis, après un temps de réflexion : Mais peut-être cela commence-t-il aussi à se dire, à se savoir, peut-être commencé-je à avoir une certaine renommée sur la place publique ?

Je téléphone à Françoise. Il me paraît utile de lui parler de cette lettre d'homme. Elle me fera part de sa réaction de femme. Après tout c'est elle qui a eu l'idée de tout cela, qui m'a entraînée dans cette aventure. Il faut qu'elle « assume » un peu. Il faut qu'elle sache où j'en suis. Et qu'elle me donne son avis.

Nous nous rencontrons au *Radis noir,* le restaurant végétarien qu'elle adore fréquenter. Elle a commandé son habituelle crème d'orge aux radis (c'est la spécialité de la maison) dont elle paraît se délecter. J'ai pris une soupe froide, à la tomate. Je lui raconte tout. L'histoire d'Éric semble l'abasourdir, mais pour le reste elle est enthousiaste, elle trouve tout très bien, très prometteur. Elle pense que son idée a été géniale, que je suis sur la voie de la réussite, que je vais gagner ma vie. À condition, dit-elle en se ravisant un peu entre deux cuillerées de sa crème d'orge, que j'évite les imprudences. Celle commise avec Éric était majeure. Avec le « monsieur » elle se pose des questions, elle ne sait pas trop, il faut voir… Je lui dis qu'en effet on verra, mais que je ne peux pas laisser passer une affaire comme celle-là, une chance pareille… Oui, dit-elle, bien sûr, mais la question est de savoir quel genre de type c'est… un P.-D.G. d'accord, mais… je le vois un peu venir ton bonhomme… Je lui demande si à ma place elle irait. Oui, elle irait. De toute façon, dit-elle, tu es assez grande pour juger…

Elle se met à regarder le plafond, à fermer les yeux, à rêver. Tu es assez grande, Marie-Constance, et pourtant tu es toujours la merveilleuse jeune fille que tu étais à dix-huit ans. Une drôle de chipie d'ailleurs. Mais merveilleuse, inoubliable. Elle garde les yeux clos, comme perdue dans les allées de la mémoire. Tu te souviens quand nous jouions *En attendant Godot,* je ne sais plus très bien si c'était avant ou après le Conservatoire, je crois bien que c'était avant, nous faisions

Pozzo et Lucky, moi Pozzo et toi Lucky, nous avions décidé de monter la pièce à quatre filles, des femmes dans tous les rôles, c'était Clotilde qui faisait Vladimir, et Laurence Estragon, elles avaient déjà de la bouteille... nous, les débutantes, on se contentait des petits rôles, c'est ça, moi Pozzo et toi Lucky... je te tenais par une espèce de licol, une corde passée autour de ton cou, tu te souviens ? tu étais très drôle dans ce rôle, épatante, un rôle complètement muet d'ailleurs, et c'était dommage, parce que tu as une si belle voix, une voix si chaude, si prenante, mais à ce moment-là on ne connaissait pas vraiment ta voix, on ne l'appréciait pas vraiment...

Et maintenant, l'apprécie-t-on davantage ? Je me revois à cette époque, plutôt maigrichonne, même des fesses à ce moment-là, avec mon nœud coulant autour du cou, revêtue d'un vieux sac à pommes de terre, les pieds nus, Françoise tirant le bout de la corde, moi tirant la langue... Je réussissais très bien dans le genre comique. Maintenant, je fais dans le genre sérieux. Des comtesses, des P.-D.G. Je me demande ce que Françoise pense vraiment. Je la ramène au sujet qui me préoccupe. À ma place, répondrait-elle positivement (j'insiste) à cette lettre ? Positivement, positivement, dit-elle, je ne sais pas ! mais j'irais voir, sûrement, au moins pour savoir quelle tête a le bonhomme... Pour le reste je t'ai déjà donné mon avis, je n'ai pas une grande expérience, mais je peux te dire...

Elle me raconte ce que j'ai déjà entendu cent fois. Quand elle est entrée chez Maître Blanc, elle n'était au fond qu'une petite dactylo qui voulait avoir un métier, le plus immédiat, le plus facile, un C.A.P. vous le procure, puis, peu à peu, elle s'est mise en situation de gagner la confiance de l'avocat, de prendre en main directement une partie des affaires de son cabinet, jusqu'à devenir une vraie secrétaire de direction, sans doute parce qu'elle était active, efficace et sérieuse aussi, parfaitement sérieuse dans le travail, qualités dont on lui a su gré... jusqu'au jour (ici son visage s'anime d'une sorte d'éclat pathétique)... jusqu'au jour où le cabinet de Maître Blanc ayant pris de l'importance, celui-ci a cru bon de s'adjoindre un associé, Maître Bonnet... alors là, la catastrophe... c'était le harcèlement sexuel quotidien... que dis-je, le harcèlement ? le chantage... oui, le chantage... j'ai cru que tout capotait, basculait... je me voyais obligée de partir, ma situation foutue... Eh bien, dit Françoise, j'ai tenu bon...

Elle s'interrompt une seconde pour commander un yaourt maigre. Elle plante ses grands yeux tragiques dans les miens, me prend le poignet. Oui, j'ai tenu bon... J'ai mis les choses au point une fois pour toutes avec Maître Bonnet. Sans agressivité, mais fermement. Voilà comment il faut faire avec les hommes. Mettre les choses au point. Non seulement j'ai sauvé ma situation, mais j'ai sauvé le cabinet Blanc-Bonnet. Le plus florissant de la ville. Et non seulement Bonnet me respecte maintenant, mais il a trouvé en moi sa meilleure collaboratrice. Nous sommes des amis, de grands amis. Voilà les hommes. C'est simple. Je réponds sottement : Oui, c'est simple. Et je commande à mon tour un yaourt maigre.

Nouvelle séance chez Éric. Comme chaque fois, avant de commencer, un inévitable quart d'heure de conversation avec la maman. Décidément, elle aime les tabliers : elle en porte un très joli aujourd'hui, petit, mauve. Éric, tout à trac et sans aucune raison apparente, se met à parler de chats devant elle. Il aime passionnément les chats. Il en voudrait un. Sa mère refuse absolument, affirmant que tous les médecins qui s'occupent de lui ont dit qu'il était allergique au poil de chat et que s'il en touchait, en respirait, il pouvait faire des crises d'asthme ou simplement des crises nerveuses, spasmodiques, très violentes. Vous vous souvenez, dit la mère, vous l'avez vu, on ne va pas recommencer pour un chat ! L'enfant ne semble pas du tout l'entendre de cette oreille, il dit que ce n'est pas vrai, que c'est une invention, qu'on veut le priver de chat, il feint de rager, de pleurer, se tortille dans son fauteuil chromé. Il a l'air d'un bébé tout d'un coup, et d'un bébé capricieux, ridicule.

Je lui demande d'où vient cet amour des chats. Il cesse alors de grimacer, change de regard, de visage, de ton, et me répond : De Baudelaire, madame. J'ai dû mal cacher ma surprise. La mère est comme hébétée. Il explique tranquillement qu'à la bibliothèque de l'établissement où on le transporte trois fois par semaine, il a trouvé *Les Fleurs du mal*. Il a lu, il n'a pas tout très bien compris, mais il y a des poèmes qui lui ont beaucoup plu. Par exemple celui qui s'appelle *Les Chats*. Il en cite deux vers, de mémoire :

« *Les chats puissants et doux, orgueil de la maison*
Qui comme eux sont frileux et comme eux sédentaires… »

Il a dit cela d'un seul trait, d'un seul jet, avec quelque chose de tout lisse, tout clair dans la voix. Je pense à ma propre manière de psalmodier Baudelaire, il n'y a pas si longtemps, dans la « chambre sonore ». Sa voix, comme un bizarre écho de la mienne. Décidément, il n'est pas sans sensibilité, ni même sans talent. La mère qui, certes, ignore tout de ce talent, paraît frappée de stupeur, muette. Au bout d'un moment pourtant, elle retrouve l'usage de la parole pour demander à Éric s'il a apporté à la maison le livre dont il vient de parler. Oui, dit-il, et se mettant à actionner les roues de son fauteuil à coups de paumes rapides, il sort de la pièce, se dirige vers sa chambre, revient à la même vitesse, en faisant toujours tourner les roues, se faufilant entre les meubles comme s'il pagayait entre des récifs, porteur du livre, une vieille édition classique, qu'il brandit à la façon d'un trophée. *Les Fleurs du mal* ! dit la mère sans autre commentaire. Elle prend le livre des mains d'Éric, le pose sèchement sur la table et, comme mue par une impulsion irrésistible, s'empare du fauteuil roulant, le pousse encore plus vite que ne faisait son fils lui-même vers la chambre, l'y enferme, verrouille la porte d'un tour de clé.

Blanche, elle revient vers moi, reprend le livre, me le montre, me dit : Vous voyez ? Vous avez entendu ? Vous vous rendez compte ? Vous croyez qu'Éric, à son âge, peut lire ce livre-là ? Ses doigts crispés sur la couverture tremblent. Je prends le temps de la réponse. Je la donne le plus tranquillement, le plus sereinement possible : Oui, je le crois. Elle paraît soulagée. Il est clair qu'elle me fait confiance. J'ai l'agréable impression que nous avons failli une fois encore tomber dans un drame dérisoire, mais que nous en sommes sortis à temps. À moins qu'Éric, là-bas, dans sa chambre, ne soit en train de faire une crise. Il y aurait d'ailleurs, en un sens, de quoi. Il a vraiment été traité en petit garçon. Je prête l'oreille. Crie-t-il ? Pleure-t-il ? Non. Le silence. Je dis à sa mère : Allez le chercher. Elle obtempère, penaude, confuse. Elle va ouvrir la chambre, ramène le fauteuil. Éric est très calme, presque indifférent. Il regarde en l'air. Pour détendre définitivement l'atmosphère et tout arranger, je lui dis : Mais oui, Baudelaire est un grand poète, et un grand amoureux des chats... justement ce sera notre lecture d'aujourd'hui, *Les Chats*, et peut-être d'autres textes... L'idée m'est venue comme ça, à brûle-pourpoint. Elle doit être bonne, car Éric est radieux. La mère paraît radieuse aussi. Elle nous quitte. Nous allons dans la chambre. La séance de *lecture* a lieu.

Nous reprenons donc *Les Chats* :

« *Amis de la science et de la volupté,*
Ils cherchent le silence et l'horreur des ténèbres... »

Éric est très attentif. Il écoute avec une sorte de passion contenue. Moi-même, curieusement portée par ma propre voix, j'ai le sentiment, en lisant, que ce poème est comme une extraordinaire mécanique, une fantastique horlogerie dont toutes les pièces, toutes les articulations pourraient être mises à nu, si je le voulais, si je m'en donnais la peine, si j'étais encore capable de ces explications de textes dans lesquelles je ne me débrouillais pas si mal au collège, me disait-on, m'assurait-on, me garantissait-on, me promettant un avenir qui n'a pas été le mien, puisque me voilà réduite à la condition piteuse de lectrice-garde-malade. Piteuse, non. Miteuse. Simplement modeste, très modeste. Mais enfin, pas si modeste que cela tout de même, puisque je semble en ce moment faire le bonheur de quelqu'un.

La fébrilité attentive d'Éric paraît en effet de plus en plus grande. Nous allons jusqu'au bout du poème. Je dis *nous*, parce que, même si je suis seule à lire, je sens bien qu'il y a entre lui et moi quelque chose de très partagé. Et c'est tout à fait bien ainsi. Nous voilà donc au bout du texte. Je lève les yeux vers Éric. Mais il ne me donne même pas le temps de reprendre haleine. Il a roulé son fauteuil vers moi, il m'enlève le livre des mains, le feuillette prestement comme s'il en connaissait très bien les recoins et les pages, l'ouvre sur un poème qu'il me montre, me tend, en me disant : Et si vous me lisiez celui-là ? Celui-là ? C'est le poème intitulé *Les Bijoux*. Je ne m'en souviens pas très bien, je le parcours rapidement : il est beau, mais osé ; en fait je l'ai dans la tête, dans l'arrière-mémoire, pas tellement à cause de Baudelaire, je le confesse, mais d'une chanson – je veux dire une mise en musique – qu'a dû en tirer je ne sais plus trop qui, Ferré ou Montand, plutôt Montand ; j'entends les inflexions caractéristiques, chaudes, filées et douces, de sa voix... en fait, c'est une des « pièces condamnées » les plus célèbres. Éric a bien choisi, il a du goût, du flair, drôle de garçon en définitive.

Dois-je lire ? J'hésite un peu, puis je me décide :

« La très chère était nue, et, connaissant mon cœur,
Elle n'avait gardé que ses bijoux sonores,
Dont le riche attirail lui donnait l'air vainqueur
Qu'ont dans leurs jours heureux les esclaves des Mores... »

L'attention d'Éric redouble. Il a l'air littéralement envoûté. Il ne perd pas un mot du poème. Et il regarde vers mes jambes – en pantalon, aujourd'hui encore – avec l'étrange mouvement de fuite qu'il sait donner à ses pupilles. Je poursuis la lecture lentement, jusqu'à la strophe fameuse :

« ... Et son bras et sa jambe, et sa cuisse et ses reins,
Polis comme de l'huile, onduleux comme un cygne,
Passaient devant mes yeux clairvoyants et sereins... »

Éric m'interrompt alors et, dans le silence de la chambre ombreuse, aux rideaux tirés, de sa chambre d'infirme, il me dit : Vous ne pourriez pas venir avec la robe de l'autre jour, la prochaine fois, madame ?

La température a changé. La saison s'avance. L'automne est encore ensoleillé, mais avec, déjà, cette couleur de tabac qui imprègne tout, les arbres comme les façades, et indique que l'on bascule vers l'hiver. Le trottoir où je marche est cendreux. J'ai mis des bottes souples, dans lesquelles je me sens à l'aise pour aller chez la Générale. Deuxième visite. Je la fais sans enthousiasme excessif, je dois l'avouer. Mais devoir oblige.

La fatale « domestique » me reçoit avec un air plus guindé encore que la fois précédente et me fait entrer dans un salon où je n'avais pas encore eu l'avantage de pénétrer. Madame dort, dit-elle, il faut attendre un moment. Je pense que la Générale dort beaucoup et souvent. Je suis pourtant là à l'heure exacte : trois heures de l'après-midi, le jour prévu, le mardi. Du thé à l'orange ? me demande la domestique d'une voix acérée. Je remarque alors que, par une curieuse coïncidence, elle porte des bottes elle aussi. Mais elles sont tout à fait différentes des miennes. D'abord, parce qu'elles sont portées dans un intérieur, ce qui a quelque chose de surprenant. Ensuite, parce qu'elles ne sont pas souples du tout, plutôt rigides, très boutonnées, et d'un noir austère. D'ailleurs, elles sont en partie cachées par une longue jupe de cuir qui est d'un effet plus singulier encore. L'étrange personne porte en outre un chemisier (est-ce le même que la dernière fois ?) qui lui serre le cou jusqu'à l'étranglement. Et un chignon sévère. Je la remercie, lui dis que je boirai le thé plus tard, si elle y tient absolument. Ces mots malheureux : « si vous y tenez absolument », paraissent résonner à ses oreilles de très désagréable façon. Elle prend un air offensé, et en même temps chagrin, douloureux. Tandis que je m'assois dans un fauteuil, elle s'assoit carrément en face de moi avec un parfait sans-gêne et se met à m'observer en silence, comme si elle voulait faire passer d'elle à moi un reproche muet.

Je me demande si cela va durer longtemps. Apparemment cela dure. Une grosse horloge du XIXᵉ siècle est là, sur ma droite. Je la regarde comme pour lui réclamer du secours. Mais les deux longues aiguilles de métal semblent d'une immobilité désespérante. Elle est immobile aussi en face de moi, le buste droit, et elle me regarde d'une manière appuyée qui tout d'un coup semble devenir vaguement attendrie. Les secondes passent. Je promène les yeux autour de la pièce, pour ne pas rencontrer les siens. Les murs sont pleins de souvenirs et de vieux tableaux. Dans un cadre, des décorations, des médailles, un grand cordon avec une sorte d'aigle impérial. Des cartes de navigation, des estampes. Les pièces d'un musée poussiéreux. Là-bas, toutefois, dans un angle, une petite armoire vitrée un peu plus pimpante, prise dans le faisceau de deux projecteurs électriques semblables à des spots. Curieux. Je me lève pour aller voir, ce qui me permet de rompre cet insupportable tête-à-tête. L'armoire est pleine de petits drapeaux rouges marqués à l'emblème de la faucille et du marteau, l'un troué, en lambeaux, comme s'il avait été lacéré par des balles. On voit aussi toutes sortes d'insignes, des gravures qui doivent évoquer des épisodes révolutionnaires, certaines des scènes de la Commune de Paris, deux grandes images colorées comme des tarots qui représentent des personnages historiques dont les noms sont écrits au-dessous : si je lis bien (mais il faut que je me penche), Mathias Corvinus rex et (vraiment beaucoup de peine à déchiffrer) Béla Kun. Au-dessus de l'armoire, une photo de Lénine sur un socle représentant une gerbe de blé torsadée surmontée d'une étoile rouge. C'est cette photo qu'éclairent les deux spots, comme feraient des cierges sur un autel.

C'est le coin de Madame ! dit la voix lancinante. Puis, après un énorme soupir : Quel gaspillage d'électricité ! Elle exige que ce soit éclairé ainsi en permanence ! Je continue à regarder, penchée, les mains derrière le dos. Nouveau soupir. Elle poursuit : Madame est affligée de cette lubie-là, rien ne l'en guérira plus maintenant, elle est allée jusqu'à menacer de déshériter toute sa famille si on ne la prenait pas au sérieux. Troisième soupir : Il faut bien la prendre au sérieux, mais c'est la consternation générale, plus personne ne vient la voir, et il faut que je supporte tout. Jusqu'à quand ? Elle finira dans la solitude et dans la démence, d'ailleurs vous vous êtes rendu compte ! Je réponds sans tourner le dos : Je ne me suis rendu compte de rien, elle est charmante et d'une très belle énergie pour son âge, d'une remarquable lucidité. Réplique cinglante : Eh bien, retrouvez-la !

À ce moment précis, une sonnette retentit. La Générale appelle de sa chambre. Elle a dû constater qu'elle avait laissé passer l'heure. Je la trouve assise dans son lit, un énorme oreiller dans le dos, très fraîche, l'œil pétillant. Nouchka, me dit-elle en me tendant la main, j'ai dormi un peu plus long-temps que prévu, excusez-moi, mais me voici prête, nous allons reprendre la lecture exactement où nous l'avions lais-sée, permettez-moi simplement de jeter ce châle sur mes épaules, ou plutôt aidez-moi à le faire. Je l'aide à se couvrir d'un gros châle de laine rouge. Magnifique, superbe couleur ! dit-elle avec le grand roulement magyar. Elle se cale bien. Voilà, allons-y ! Elle me tend le livre, marqué à la page où j'ai dû m'arrêter la dernière fois. Je n'ai pas le choix. Il faut que je continue l'affreux texte :

« … À partir du moment où s'est développée la propriété pri-vée des objets mobiliers, il fallait bien que toutes les sociétés où cette propriété prévalait eussent en commun le commandement moral : Tu ne voleras pas… »

Elle m'interrompt pour ricaner : Tu ne voleras pas ! Et com-ment ! Ils n'ont fait que ça toute leur vie, les boyards, voler le peuple ! Continuez, Nouchka.

« … Mais ce commandement devient-il pour cela un com-mandement moral éternel ? En aucune façon. Dans une société où il n'y a plus de motifs pour voler, où, à la longue, les vols ne peuvent donc être commis que par des fous, comme on rirait du prédicateur de morale qui voudrait proclamer solennellement cette vérité éternelle : Tu ne voleras pas ! »

Oui, dit-elle, m'interrompant une fois encore, on rirait ! Des fous, il n'y aurait que des fous pour voler ! C'est proprement génial ! Ne trouvez-vous pas, Nouchka ? Mais je sens que ce texte vous ennuie… Posez le livre, et prenez cet autre, là… C'est la *Critique de l'économie politique*… vous pensez certai-nement que Marx n'a écrit que des choses assommantes, il n'y a qu'à voir votre mine et votre manière un peu dégoûtée de lire... eh bien, détrompez-vous, vous allez voir ce passage, celui qui est marqué d'un signet de corne, ce doit être la page 166... vous allez trouver un texte merveilleux sur les métaux, oui, sur les métaux précieux... un texte de poète... vous ne croyez pas ?... eh bien, lisez.

J'ouvre le livre à la page indiquée. Je suis très agacée, crispée même, et cela doit se voir. Je lis pourtant. Le passage est encore marqué d'une croix :

« L'or et l'argent ne sont pas seulement le caractère négatif des choses superflues, c'est-à-dire dont on peut se passer : leurs qualités esthétiques en font les matériaux naturels du luxe, de la parure, de la somptuosité, des besoins des jours de fête, en un mot la forme positive du superflu et de la richesse... »

Elle me fait signe d'arrêter et commente : Qu'est-ce que vous dites de ça, Nouchka ? *Le luxe, la parure, la somptuosité ? Les besoins des jours de fête ?* Avouez que vous ne vous attendiez pas à cela !... Je me demande ce que je pourrais bien lui dire, lui répondre, lorsque j'entends la porte s'ouvrir lentement. Je me retourne, pensant que c'est *l'autre*, qui vient avec son thé. Mais non. C'est le chat mauve. La porte ne devait pas être entièrement fermée et il l'a poussée avec sa nuque et son dos tout pelotonnés Il entre doucement maintenant et, sans hésiter, saute sur le lit. La comtesse le prend dans ses bras et se met à le caresser, tout en m'intimant (assez fermement) l'ordre de continuer. Je m'exécute :

« ... Ils sont dans une certaine mesure de la lumière dans sa pureté native que l'homme extrait des entrailles de la terre, l'argent reflétant tous les rayons lumineux dans leur mélange primitif, et l'or ne reflétant que le rouge, la plus haute puissance de la couleur... »

Vous entendez ? dit-elle (non, je n'entends rien, j'ai dit que j'avais du mal à percevoir le son de ma propre voix, et ce n'est pas chez elle que cela va changer !). Vous entendez ? *De la lumière dans sa pureté native ! L'or ne reflétant que le rouge, la plus haute puissance de la couleur !* Le rouge ! Peut-on dire les choses mieux, et plus fortement ? Que cela est beau ! Elle ferme les yeux, littéralement pâmée, continuant à caresser le chat.

« *Or le sens des couleurs est la forme la plus populaire du sens esthétique en général. Le lien étymologique existant dans les différentes langues indo-européennes entre les noms de métaux précieux et les rapports de couleurs a été établi par Jacob Grimm...* »

Si pâmée, les yeux si clos, que je me demande si elle n'a pas glissé encore une fois dans le sommeil. Le chat aussi d'ailleurs.

J'ai mis des lunettes et un tailleur de bonne coupe.

Je me suis décidée. Je me rends chez mon P.-D.G. Il s'appelle Michel Dautrand. Nous avons fixé un rendez-vous par téléphone. Six heures du soir : une heure décente. En franchissant le seuil de l'immeuble ultramoderne où il habite – la « Résidence Ravel » –, j'ai compris que je n'allais évidemment pas chez n'importe qui. Le luxe et l'élégance. La cage de l'ascenseur est entièrement vitrée : un cylindre de verre fumé à travers lequel la vue plonge sur les pelouses de la résidence, tondues au millimètre. Même avec la saison avancée elles ont l'air parfaitement vertes et fraîches.

Le monsieur qui m'ouvre est soigné, distingué, jeune encore, plutôt bien. Jeune encore : cela veut dire qu'il doit avoir entre quarante et cinquante ans, mettons quarante-cinq, si mon œil est bon. Plutôt bien : l'air d'un John Wayne un peu fatigué, si je ne me fais pas d'illusion. Mais un John Wayne pas commode du tout. Dès le premier contact, je le sens sec, strict, raide, réglo. Mademoiselle, me dit-il, en me faisant asseoir sur un superbe pouf de cuir blanc, voici de quoi il s'agit ; j'ai des responsabilités très accaparantes dans cette ville où notre société a établi son siège, dans cette ville et ailleurs, car je voyage beaucoup, et je n'ai pas une seconde à moi pour lire quoi que ce soit ; or, par obligation professionnelle, je participe à un nombre important de dîners où l'on parle de tout, et très souvent de littérature, je veux dire de l'actualité littéraire, et comme je ne voudrais pas avoir l'air éternellement d'un idiot ou d'un analphabète, j'ai pensé qu'avec votre aide, mademoiselle... N'ayant pas eu la possibilité de l'interrompre, tant il a parlé d'une seule haleine, je le fais, tout d'un coup, aussi sec que lui : Madame. Il ne semble pas comprendre, paraît désarçonné. Je répète : Madame. Ah, dit-il, oui... ah, oui...

Je devine qu'il aura du mal à reprendre le fil. De fait, il paraît renoncer à dévider sa grande phrase et me demande si je veux boire quelque chose. Je réponds : Un petit whisky peut-être, pensant que cela me changera du thé et du chocolat. Il semble un peu surpris, mais évite de le montrer. Il va chercher dans un très beau bahut-bar de bois scandinave une bouteille de *Famous grouse* et deux verres. Il me sert. Ça va comme ça ? dit-il. Je lui réponds : Encore un peu. Il lève les yeux vers moi, me regarde avec une visible inquiétude. Il reverse (trop, cette fois). Se sert aussi. Demande si je veux des glaçons. Je n'en veux pas. Il en veut, lui. Va en chercher. Agite le glaçon dans son verre. Oui, dit-il... (mais le ton est un degré au-dessous), oui... mon existence est suroccupée... vous savez, dans les affaires... surtout les affaires comme les miennes... je m'occupe de métaux... tout enfant je rêvais de métaux, j'adorais les métaux... les voir, les toucher... en un sens j'ai réussi, j'ai fait ce que je voulais faire... les métaux, je les sors de terre et je les importe... vous avez compris, les mines...

Je lève mon verre à hauteur des yeux comme pour trinquer, et je dis : Et c'est ici, dans la campagne, que vous creusez la terre ? Nos mines, dit-il, sont un peu partout dans le monde, surtout en Nouvelle-Calédonie, le nickel... mais la Nouvelle-Calédonie, madame, je n'ai pas besoin de vous faire un dessin, vous voyez où nous en sommes... le nickel, je ne sais pas si on pourra en parler encore longtemps... heureusement nous avons aussi des mines en Afrique, d'importantes mines... En me mouillant les lèvres, je lui dis que je comprends maintenant pourquoi il voyage. Ah, dit-il, je voyage en effet, les avions, les aéroports, l'horrible jet-society... mais aussi le train, le T.G.V. assez souvent, sur Paris... Je suis en train de me demander pourquoi il n'a pas le temps de lire s'il prend si souvent le T.G.V., l'avion. Je lui pose la question. Ah, madame, dit-il, oui je lis, bien sûr, pendant les voyages, mais des dossiers, toujours des dossiers !

Je le vois avec son attaché-case ou sa serviette bourrée ou son élégante valise, sautant de gare en aéroport. Comme tous les autres, agité, pressé. Se donnant de l'importance. Faisant pleuvoir les notes de frais. Sa Société ! Son Nickel ! Et pas la plus petite place dans son emploi du temps pour lire un livre. Mais alors, pourquoi y a-t-il place pour *moi* ? Pour le temps que je devrais consacrer à sa culture ? La réponse est très simple, très directe, certainement préparée, méditée : Écoutez, madame, je vais vous faire un aveu, ce n'est pas seulement une question de temps, je suis *incapable*, vous entendez, incapable de lire un livre, cela doit tenir à ma formation, à mes habitudes de vie, à la trépidation que m'imposent mes activités, je ne sais pas, mais c'est ainsi… tandis que si quelqu'un m'apporte… sa collaboration… si une *voix*, la vôtre peut-être, m'aide à… accéder à la lecture… vous comprenez ? Je lui dis qu'il y a des cassettes, des enregistrements très bien faits qu'il pourrait écouter en train, en avion, en bateau, et aussi toutes sortes de procédés de « lecture rapide » mis au point justement pour les hommes d'affaires pressés. Il prend un air penaud, blessé, contrit : Vous ne comprenez pas… j'essaie de vous expliquer que cela devrait être… comment dire ?… personnalisé… Il change brusquement de ton, se lève, comme s'il ne voulait plus rester en face à face avec moi : Bien, êtes-vous prête, madame, à remplir le service que votre annonce semblait proposer ? J'en serais tout à fait heureux, le problème le plus délicat sera celui du planning, en raison de mon emploi du temps, mais vos conditions…

Je l'interromps d'un petit geste. Pendant le silence qui suit, je fais promener mes yeux autour de la pièce qui me paraît immense et vide, malgré de très belles reproductions de tableaux modernes (originaux peut-être ?) qui ornent les murs. Tout l'appartement d'ailleurs me paraît immense et vide. Vit-il seul ? Il a une alliance au doigt pourtant. Je lui dis : Et votre femme ? Il a l'air piqué : Comment… ma femme ? Elle ne peut pas vous faire la lecture ? C'est comme si j'avais déclenché je ne sais quelle foudre. En une seconde, il retombe sur le pouf où il était assis, en face du mien. Il baisse la tête, se prend le front entre les mains puis relève le visage : il s'est complètement décoiffé, ses traits sont marqués par le plus profond désarroi, le P.-D.G. est devenu une sorte de pantin triste. Comme pour achever le tableau, il desserre le nœud de sa cravate, ouvre son col. Nous sommes séparés, dit-il, depuis plus d'un an… croyez-moi si vous voulez… je vis tout seul… il répète : *tout seul*… même pas une femme de ménage… si, une femme de ménage de la Société, c'est tout… Je lui dis : C'est pour ça que vous voulez de la lecture ?

Je le quitte en lui promettant de réfléchir. De lui faire passer, de toute façon, ma petite brochure. Il a complètement changé de manière. Il me prend la main d'un air implorant.

Qu'est-ce qu'il faut lire, demande-t-il, Duras ? Je lui dis : Vous savez, ce n'est peut-être pas suffisant, on parle beaucoup de Claude Simon pour le Nobel et, si jamais ça arrive, on en discutera beaucoup dans les dîners, mais je vous avertis, ce n'est pas facile. Il garde ma main, je me demande s'il va finir par me la rendre. Revenez, dit-il. Revenez vite.

Je réponds au désir d'Éric. J'arrive engoncée de la tête aux pieds dans un long imperméable – la pluie tombe en effet avec entêtement depuis hier – et c'est comme cela que la mère me reçoit (défaites-vous, posez votre parapluie, séchez-vous !). Dans la chambre, pour la séance de lecture, je me retrouve avec la robe de crépon sur mes jambes nues comme en plein été (elle a d'ailleurs eu le temps de voir, de noter l'anomalie et de froncer brièvement le sourcil).

Éric montre tout de suite son contentement. Il semble pressé, impatient. Ses traits sont d'une mobilité extrême. Bon, dit-il, lisons. J'ai encore les cheveux mouillés, mais je m'installe sur la chaise habituelle, le tissu bouffant sur mes genoux, et commence une nouvelle histoire de Maupassant, puisqu'il a voulu, malgré l'intermède Baudelaire, qu'on en reste à Maupassant qui, affirme-t-il, lui plaît, le distrait vraiment, lui convient tout à fait (et sans doute y a-t-il dans cette obstination la volonté de montrer que la crise de la première séance ne l'a en rien dissuadé d'entendre des récits fantastiques ou bizarres). C'est une histoire qui parle de chasseurs. Ils se réunissent un soir sur leur terre, par grand vent :

« *Un grand vent soufflait au-dehors, un vent d'automne, mugissant et galopant, un de ces vents qui tuent les dernières feuilles et les emportent aux nuages…* »

Tout en lisant, je laisse remonter ma robe feuille-morte sur mes cuisses, très progressivement et comme si cela se faisait par des mouvements naturels. Il regarde. J'entends son souffle avec une parfaite netteté. Le mien devient court et haletant. Je sens que j'ai une réelle difficulté à continuer la lecture, à articuler. Il le faut pourtant :

« Les chasseurs achevaient leur dîner, encore bottés, rouges, animés, allumés… »

Je ne sais absolument pas ce que je lis. Je ne sais absolument pas ce que raconte cette histoire. Les mots seuls. Moi qui n'entends jamais, j'entends cette fois distinctement ceux que je suis en train de lire : … *encore bottés, rouges, animés, allumés…*

Éric est très calme. Jamais il n'a semblé aussi attentif à l'histoire qui lui est lue. Son souffle, de plus en plus profond mais régulier, peut donner la mesure de cette attention. Son regard, je pense, baissé vers moi, est attentif aussi. Je fais remonter encore ma robe. La tire presque jusqu'en haut des cuisses. Je ne sais pas quel est le grand vent qui passe dans ma tête. Ni dans la sienne. Je ne peux réprimer un très léger tremblement de mes genoux, de mes mains qui tiennent le livre, aussi. Il me voit parfaitement. Il écoute. Le temps passe. L'histoire, les mots passent. Ces chasseurs étaient, paraît-il, des « demi-seigneurs normands mi-hobereaux, mi-paysans, riches et vigoureux, taillés pour casser les cornes des bœufs… ils parlaient comme on hurle… ». Je n'entends rien : *Ils parlaient comme on hurle.* Il fait chaud dans la pièce calfeutrée, si chaud que je me demande si je n'ai pas réellement bien fait de mettre cette robe. Pourtant, dehors, la pluie tombe toujours. Quel est le poète qui dit qu'elle tombe « épaisse et fade » ? Je ne dois pas oublier qu'Éric aime aussi les poètes et qu'il faudra lui en faire découvrir d'autres. On ne va pas s'abonner à Maupassant ! Mais ça y est, l'histoire a pris son rythme de croisière. En route avec les chasseurs ! Je retrouve peu à peu la maîtrise de mon souffle. Et celui d'Éric se ralentit, s'ordonne. Nous sommes très calmes tous les deux.

La porte s'ouvre. La maman (a-t-elle frappé ?) apporte le chocolat. Je n'ai que le temps de rabattre ma robe, *prestissimo.*

Chez la Générale, aujourd'hui, je dois encore faire anti-
chambre un moment. Je suis pourtant exactement à l'heure.
Dans la pièce-salon-musée j'ai de nouveau la pénible obligation de m'asseoir en face d'*elle*, la « domestique », l'*autre*,
moins boutonnée que la dernière fois, mais tout aussi dési-
reuse, semble-t-il, de me tenir compagnie.

Pour dire quelque chose, je fais observer qu'il est curieux
que l'armoire aux emblèmes soit ainsi éclairée à l'électricité en
permanence. Pourquoi n'éteint-elle pas les spots ? Même si la
Générale a une manie et une exigence sur ce point, elle ne
peut contrôler les choses de son lit. Oh, me dit-elle, vous ne la
connaissez pas, elle se lève ! Comme je marque un certain
étonnement, elle m'explique que la Comtesse (elle ne dit pas
la Générale, quand elle parle de sa patronne, mais la Comtesse) n'est pas du tout impotente, comme pourraient le laisser croire ses séjours prolongés dans le lit, absolument pas,
cette manière de vivre couchée est simplement une façon de
ménager ses forces et de prendre en compte, plus exactement
de forcer les autres à prendre en compte son grand âge, mais
il lui arrive de rejeter brusquement ses couvertures au
moment où on s'y attend le moins, de se mettre sur ses pieds,
de se baisser pour prendre sa canne qu'elle tient cachée sous
le lit, et d'arpenter ainsi, canne à la main, tout l'appartement,
après avoir revêtu une robe de chambre, bien entendu.

Vous ne la connaissez pas ! répète-t-elle. Cela pour tout ins-
pecter. Si vous saviez ce qu'elle me fait passer, certains jours !
Et quelles humiliations (vague reniflement, fausses larmes
avalées) ! Un exemple : convenez que j'aurais pu être sa lectrice moi-même, j'aime les livres et je n'ai pas une voix plus
déplaisante que d'autres (oh si, voix acérée !), eh bien, c'est
vous qu'elle a fait venir, c'est vous qu'elle a choisie ! Pour
m'humilier, vous comprenez, pour m'humilier.

Comme je la vois tout d'un coup réellement malheureuse et contrite, du moins me semble-t-il, je lui réponds que lire Marx n'a rien d'un privilège, mais est plutôt une redoutable corvée, qu'elle doit se féliciter d'y échapper. Je ne sais pas qui est *ce* Marx, réplique-t-elle sèchement, mais ce que je sais c'est que toute sa famille considère cela comme une honte et une malédiction, à son âge, vous vous rendez compte, des livres pareils ! Les reniflements et les fausses larmes recommencent. Je préfère me taire devant ces mimiques excédantes. Devinant sans doute ma mauvaise humeur, elle rapproche sa chaise de la mienne et me dit : N'allez surtout pas penser que je suis jalouse de vous ni de votre place, je sais très bien que vous avez beaucoup plus de compétence que moi… et de culture… je sais aussi que votre voix est beaucoup plus agréable (soupir profond)… et surtout que vous êtes beaucoup plus attirante (j'espère bien !)… oui, vous êtes vraiment très jolie (soupir redoublé) !

C'est la Générale elle-même qui vient me tirer de cette situation consternante. Comme si elle avait entendu la conversation à travers la cloison et voulu donner une sorte d'illustration immédiate des propos tenus par sa gouvernante, elle entre dans la pièce avec sa canne, drôlement drapée dans sa robe de chambre, mi-comédienne, mi-fantôme, visiblement cassée par l'âge et pourtant magistrale, théâtrale malgré elle. Nouchka, me dit-elle, vous êtes là, venez me donner le bras ! Et voilà qu'elle entreprend de me faire faire le tour de la pièce, amarrée à mon bras. L'autre a disparu comme un éclair. La canne martèle le plancher avec une sorte d'exigence impérieuse. On dirait que la Générale veut marquer toutes les étapes d'un chemin de croix, d'une visite-pèlerinage. Et, de fait, il faut s'arrêter devant chaque gravure, devant chaque tableau, devant chaque objet. Ça, dit-elle, ce sont les armoiries de l'empire austro-hongrois, vous reconnaissez l'aigle bicéphale, et ceci le grand cordon de l'ordre de la Régence dont mon mari avait été décoré. Inutile de vous dire que je n'accorde pas la moindre importance à ces hochets d'un autre âge, je les garde ici par révérence pour sa mémoire, mais j'ai mis là, pour équilibrer, sous verre, la première pétition, manuscrite, comme vous voyez, des paysans pauvres de l'Ukraine karpatique, un document à mes yeux bouleversant, voyez le sang, les larmes qui ont trempé le papier… Venez, Nouchka ! Boitillant, frappant de la canne, s'appuyant ferme sur mon avant-bras, elle m'entraîne jusqu'à l'armoire et, là, paraît triompher, et surtout respirer plus largement. Ici, dit-elle, comme vous le voyez, c'est un autre ordre, un autre monde, une autre lumière ! C'est pourquoi cette installation électrique demeure jour et nuit, même si les miens enragent (superbe roulement du *r*), ce sont des petits-bourgeois avares comme des épiciers, qui ne savent rien faire d'autre que compter leurs sous, c'est-à-dire veiller sur leur compte en banque, ils n'ont pas compris que le monde est en train de *changer de base*... vous voyez ce que je veux dire, Nouchka... de toute façon, je n'ai pas besoin de vous commenter cette vitrine, elle parle d'elle-même... si vous voulez l'un de ces petits insignes pour le revers de votre veste, si toutefois il vous arrive de vous mettre en tailleur, je peux vous en offrir un, vous n'avez qu'à choisir... mais je voudrais surtout que vous admiriez ce drapeau qui a été déchiré par les balles sur les barricades de Pest en 46 et qui sent sûrement encore la poudre... et surtout cette photo que vous voyez là-bas... non, pas celle de Vladimir Ilitch... non... la petite, en bas... un document unique... dont je ne vous dirai pas comment il est venu en ma possession, Nouchka, regardez... Elle tape du bout de sa canne contre la vitre, avec une sorte d'impatience, et me montre sur la première étagère, dans un coin, une photo jaunie sur laquelle on distingue un jeune homme en prière. Elle se penche à mon oreille et murmure : Staline, Nouchka, quand il était séminariste en Géorgie.

Puis elle reprend mon bras et m'entraîne vers la chambre : Allons lire maintenant !

C'est l'hiver. Mais le soleil est magnifique. Je rencontre
Roland Sora dans un jardin public proche de l'université. Il
avait envie de faire quelques pas à l'extérieur. J'ai une grosse
veste de laine sur un pantalon de ski. Il porte une vieille cana-
dienne qui va très bien avec sa pipe. Sur notre droite, des
arbres nus. Mais à gauche, une ligne de troènes d'un vert
tenace. Des enfants jouent sur des toboggans, des balançoires.
Je parle de mon P.-D.G. Je dis en particulier que j'ai l'intention de lui lire du Claude Simon, pour parfaire sa formation
au meilleur niveau, pour qu'il puisse vraiment avoir, dans ses
dîners d'affaires, la meilleure contenance intellectuelle. Le
« vieux maître » me demande si, cette fois, je ne suis pas devenue complètement folle. Il me prend le bras avec l'attitude un
peu condescendante qu'on a pour les gens qu'il faut ménager,
éviter de brusquer. Je lui laisse entendre que je suis très déterminée dans mon intention, que, prenant conscience de ma
mission de lectrice et de ce qu'elle peut avoir désormais de
décisif dans certains cas, je ne veux pas travailler dans la
médiocrité, mais dans l'excellence. Autant viser au plus haut.
Il ne réagit pas, m'amène devant un toboggan où une toute
petite fille, qui s'apprête à se laisser couler le long de la glis-
sière, rabat ses jupes à notre approche. Il la regarde en sou-
riant, semble rêver. Je reprends mon propos : Oui, je
commencerai par quelques pages de *La Route des Flandres*…
ou peut-être des *Géorgiques*… Sans quitter la petite fille des
yeux, il me dit, comme s'il parlait dans le vide : Je reconnais
bien là mon irremplaçable Marie-Constance et sa brillante
culture (quel dommage tout de même, ces études non menées
à terme !), mais crois-moi, si tu tiens vraiment à Claude
Simon, ce n'est pas par là qu'il faut commencer, surtout avec
un P.-D.G., il faut prendre *Leçon de choses*… comme le titre
l'indique, il y a là matière à leçon et il est question de réalités

simples, de *choses*... on ne peut rêver mieux pour un débutant.

Bien entendu, je perçois l'ironie tout à fait condescendante, mais aussi un peu amère, des derniers mots. Je rétorque : Mais, ce n'est pas un débutant, il a de la culture, de la personnalité, de la finesse, de l'autorité, un très beau physique en outre, il a lu énormément de choses, il veut se recycler, c'est tout, car maintenant sa très grande activité ne lui laisse plus le temps de la lecture. Très bien, dit Roland Sora, parfait ! Et il compte sur toi pour cela ? Je dis : Eh oui, sur moi. Il a pris mon annonce au sérieux, mon métier au sérieux !

Le maître m'entraîne vers un banc inoccupé au fond du jardin. Si nous nous asseyions un moment au soleil ? dit-il. Je lui réponds que c'est une bonne idée, mais que tout de même il commence à faire assez froid et que nous ne pourrons pas rester très longtemps. À peine sommes-nous assis, qu'une vieille femme vient prendre place sur le même banc, tout à fait à l'extrémité. Elle tient à la main une marguerite qu'elle a cueillie je me demande bien où. On pourrait croire qu'elle vient écouter ce que nous disons. Roland en a l'air agacé. Il se penche à mon oreille, je sens son souffle léger et chaud sur mon lobe et il murmure : Alors, si je comprends bien, ça va, ça marche ? Je réponds, tout à fait stupide : Ça va, quoi ? Il se penche un peu plus, comme s'il voulait vraiment qu'on ne puisse pas entendre : Ça va, avec ce nouveau client... pour le mieux... au plus haut niveau ? Comme j'ai l'impression qu'il se paye ma tête, je réplique : Ce n'est pas un client, c'est déjà un ami, un homme très distingué d'ailleurs. La vieille dame ne prête pas la moindre attention à ce que nous disons. Elle a élevé la marguerite à hauteur de sa bouche et commence à l'effeuiller, consciencieusement. Moi aussi, je suis consciencieuse.

Je suis retournée chez l'homme de l'agence, pour lui demander de repasser mon annonce dans les journaux, car au bout d'un certain temps, selon mon contrat, le renouvellement de la publication n'est plus automatique. Il a paru surpris. Il mâchouillait toujours son mégot. Il me regardait toujours avec la même perplexité. Je lui ai dit que les choses marchaient bien. Mais il ne semblait pas me croire. Mélange de parfait scepticisme et d'indifférence bovine. Une manière de sous-entendre : Tout cela, c'est votre affaire… si vous êtes contente, c'est bien… si vous avez des pépins, ne venez pas vous en prendre à moi… Il m'a demandé si je conservais toujours la même formulation. J'ai hésité, puis je lui ai fait ajouter « textes poétiques ». Au lieu de « Jeune femme propose lecture à domicile : textes littéraires, textes documentaires, textes divers », j'ai indiqué : « Jeune femme propose lecture à domicile : textes littéraires, textes poétiques, textes documentaires, textes divers. » Deux mots de plus : vingt francs de plus. Un petit luxe. Il m'a fait comprendre que c'était absurde. Que « poétiques » faisait basculer mon annonce dans le néant. J'ai tenu bon. Modeste défi, mais qui m'importe.

Le résultat ne s'est pas fait attendre. Une jeune dame de la bonne société de notre ville m'a écrit et m'a demandé si je pouvais lire de temps en temps des « textes poétiques » pour sa fille âgée de huit ans. Je suis devant cette dame. Je l'écoute. Elle est extrêmement belle, élégante et soignée. Ses préoccupations sont les suivantes : elle travaille, elle est « promotrice » dans l'immobilier, elle ne dispose pas d'une minute et elle est dans l'incapacité absolue de s'occuper de sa fillette. Il faut qu'une personne dévouée le fasse à sa place. Je réponds que je ne suis pas préceptrice, mais *lectrice*, qu'elle s'est trompée. Elle me retient par un sourire ravissant. Pas du tout, elle a très bien lu l'annonce, elle ne se trompe pas le moins du monde, que je la laisse seulement venir là où elle veut en venir. Des précepteurs et des préceptrices elle en aurait, s'il était besoin, mais la petite travaille très bien à l'école, le problème n'est pas là, le problème est qu'à la maison elle est seule, parfois pendant de longues soirées, et qu'il faudrait absolument quelqu'un pour la distraire et lui éveiller l'esprit en même temps, et… peut-être même lui donner une certaine tendresse qu'elle, femme affairée, ne peut pas toujours dispenser, hélas… Elle me regarde bien en face, comme pour vraiment parvenir à me persuader ; son beau visage de star a un éclat presque pathétique, coiffure impeccable, magnifiques paupières bleues, magnifiques cils ourlés, boucles d'oreilles de turquoise, collier assorti, autorité dans les yeux et dans la voix. Rien n'est plus terrible, dit-elle, que le sort des femmes d'affaires… les femmes au foyer qui pleurent toujours sur leur condition ne connaissent pas leur bonheur… vivre selon des rythmes calmes, pouvoir se consacrer à ses enfants… voilà ce dont nous sommes totalement frustrées… à plus forte raison quand on a de hautes responsabilités comme les miennes, qui ne me laissent pas le temps de respirer… et que l'on a un mari à l'étranger… je vous dirai pourtant que cette vie démente, ces responsabilités, je ne saurais envisager un seul instant de m'en passer… c'est mon destin, c'est mon lot… je ne me vois pas autrement… je ne m'imagine pas autrement… et ça augmente toujours, ça s'intensifie toujours, ça s'accumule toujours… certains de mes amis disent même que je devrais commencer une carrière politique… je suis peut-être faite pour ça… en tout cas, je suis heureuse ainsi, dans ce tourbillon, cette folie… et c'est pourquoi il y a ce terrible problème que je vous demande de m'aider à résoudre… Clorinde, vous allez le voir, est très mignonne, très attachante… si vous permettez, je vais aller la chercher…

Est-ce le scénario de la mère d'Éric qui va se rejouer ? Je me pose la question avec un certain malaise. Certes, cette femme est tout à fait différente, elle tiendrait plutôt de mon P.-D.G. Mais c'est bien cela qui me trouble : ces deux situations tout d'un coup juxtaposées, mixées. La dame P.-D.G. et la dame-maman. De fait, il est indiscutable que Clorinde est très mignonne. Quand elle apparaît avec sa mère, je suis séduite tout de suite par son petit visage frais sous ses cheveux bouclés. Le nez pointu. Quelques taches de son sur les pommettes. L'air intelligent et malicieux. Mais je me demande aussitôt ce que je suis bien capable de faire pour une petite fille comme cela. Je n'avais certes pas prévu de m'adresser à des enfants de huit ans. Lui lire quoi ? *Alice au pays des merveilles* ?

J'ai dû penser à haute voix. C'est cela, dit la mère, *Alice au pays des merveilles*, exactement cela, elle ne l'a jamais lu, et je crois que c'est le livre qu'il lui faut, le livre qui la fera rêver et l'éveillera à la poésie… car je veux qu'elle s'éveille à la poésie… les affaires, c'est ma drogue, vous comprenez… je m'agite, je voyage, je déjeune à droite et à gauche… pour elle, autre chose, l'essentiel, la poésie… vous avez très bien compris et très bien choisi… Clorinde ne dit rien. Elle doit être intimidée, mais, par instants, elle lève vers moi ses yeux clairs, comme pour bien voir à qui elle a affaire. Un tout petit sourire se forme sur ses lèvres. Je dois lui plaire. Et elle me plaît aussi. Me voici, décidément, confrontée aux situations les plus imprévisibles. Mais celle-là n'est sûrement pas la plus désagréable. Ni la plus difficile, à y bien réfléchir. Marché conclu. J'accepte. Je ne suis pas sûre d'être la personne la mieux désignée, dis-je à la maman-femme d'affaires, pour m'occuper d'une fillette de cet âge, je n'ai certainement pas la formation requise ni aucun entraînement particulier, mais si elle le souhaite ainsi, et si Clorinde le souhaite aussi, si nous sommes bien d'accord, s'il est clair que l'on n'attend de moi rien d'autre que de la lecture, je veux bien essayer. Clorinde lève de nouveau les yeux et, cette fois, elle hoche la tête en signe d'acquiescement. Oui, elle veut.

Le soir, à la maison, je retrouve un vieil exemplaire d'*Alice* et, en attendant Philippe qui rentre généralement tard, je me mets à en lire quelques lignes au hasard, dans la « chambre sonore ». C'est le passage où le Lapin Blanc a perdu son éventail et ses gants de chevreau et demande à Alice de les lui chercher. Elle cherche, dans tous les coins de la grande salle, sous la table de verre, et elle se dit : Il m'a prise pour sa bonne. Je répète la phrase dans le silence ouaté de la pièce : *Il m'a prise pour sa bonne.* Je pense que la maman de Clorinde aussi m'a peut-être prise pour sa bonne. Comme la Générale. Comme tous. Peut-être. Pas sûr. Il faut accepter les contraintes du métier et ses risques. En tout cas, j'ai une vraie clientèle maintenant. Je tiens même une petite fille, moi qui n'ai jamais eu de petite fille ni de petit garçon. Sur la page de gauche du livre, là où je l'ai ouvert, il y a un beau dessin, tout filé, à la plume, qui montre le Lapin avec son éventail et ses gants et Alice dans une drôle de robe transparente. Et sur la page de droite, une photo du révérend Dodgson qui aimait tant photographier lui-même les petites filles.

Ayant décidé de poursuivre l'expérience avec Michel Dautrand, je me rends chez lui avec un livre de Claude Simon. J'ai gardé les lunettes, mais j'ai renoncé au tailleur. Fini le bon chic bon genre. J'ai opté carrément pour le pantalon de velours. Autant choisir en effet un vêtement qui me protège. J'espère que mon interlocuteur n'aura pas le même genre de déception qu'Éric. Je verrai à sa mine.

L'amusant est qu'il a eu à peu près la même idée que moi. Il a renoncé au veston et à la cravate. Il porte un grand pull mou et paraît très décontracté, beaucoup plus en tout cas que la dernière fois. Il me dit d'emblée qu'il ne dispose que d'une heure et non pas de deux comme cela était prévu. Il faut donc que je pratique une « lecture intense » (c'est l'expression qu'il emploie). C'est sans doute pourquoi il se jette dans un grand fauteuil, croise ses mains sous sa nuque, ferme les yeux et attend. Je suis invitée à prendre un autre fauteuil. Mais je choisis le pouf. Je lui explique brièvement que Claude Simon doit permettre une « lecture intense », car c'est très concentré. Mais j'ajoute qu'il ne doit pas s'attendre à une histoire, des événements, des anecdotes : un beau texte où chaque mot pèse son poids d'écriture. J'ai choisi un passage de *Leçon de choses* qui doit évoquer un tableau, une gravure :

« Trois femmes au teint sans doute fragile qu'elles protègent du soleil par des ombrelles, descendent la pente du verger. Elles portent des robes claires, d'un style démodé, très serrées à la taille, aux manches à gigot. L'une d'elles agite autour de son chapeau et de son buste un rameau feuillu pour chasser les taons. Des feuilles de noyer froissées s'exhale un parfum entêtant, encore épaissi par la chaleur de l'après-midi. Les taons ont des ailes allongées, grisâtres, piquetées de noir, et une tête noire. En avant des femmes, marche une petite fille vêtue d'une robe

claire et coiffée d'un canotier de paille brillante dont les larges brins aptatis sont tressés en chevrons. Elle tient à la main un bouquet de fleurs des champs... »

Je me laisse porter par la lecture. Mais redressant la tête, je constate que M. Dautrand a les yeux fermés non plus par l'« intensité » de sa propre concentration, mais bel et bien par le sommeil. Il a toujours les mains sous la nuque, mais ses coudes ont nettement fléchi. De sa bouche sort un léger ronflement qui ne trompe pas. Pas seulement un ronflement d'ailleurs : une ou deux petites bulles irisées, comme celles que l'on fait en jouant avec de l'eau savonneuse, et un minuscule filet de bave. Homme affairé et puissant, le voici réduit à son expression la plus simple et la moins masquée. Pourquoi pas d'ailleurs ? Je compatis, en un sens. Sa vie doit être réellement harassante, accaparante et épuisante. Et peut-être sans joie. Il faut bien qu'il y ait des moments de grande relâche. Et là, justement, le « masque » cède. Sans rien perdre, en fait, de sa beauté. Car je le constate encore : cet homme est beau. Je ne sais pas ce qui a pu lui arriver dans la vie, mais sa séduction n'est pas en cause. C'est vraiment son agitation qui a dû tout gâcher, l'excès d'importance qu'il se donne. Mais là, Dieu merci, dans le sommeil, avec les bulles, tout cède, se défait. Il ne reste plus que cette beauté affaissée et enfantine.

Je toussote. Il se réveille. Il soulève ses paupières avec lassitude. Je crois qu'il va marquer un peu d'embarras ou de gêne, dire quelque chose de Claude Simon, mais non, il se dresse d'un seul coup, saute presque sur moi, me fait abandonner le livre. Fermez-le, dit-il, posez-le là, à côté, ne parlons plus de cela, c'est indiscutablement admirable, tout à fait admirable... mais comment voulez-vous ?... vous ne vous rendez pas compte que c'est vous que je *veux*, pas ce livre... En effet, je me rends compte. Il est contre moi, il me serre, il me presse, essaie de me prendre dans ses bras, cherche mes lèvres. En même temps, des paroles entrecoupées, entrechoquées, sortent de sa bouche. Depuis la dernière fois, dit-il, je ne pense plus qu'à vous... vous entendez, je ne vous raconte pas des histoires, c'est la pure vérité... je n'y peux rien... ce n'est pas de ma faute, c'est la vôtre, vous n'avez qu'à pas avoir ce petit air faussement innocent et merveilleusement désirable... vous comprenez... qui pourrait vous résister ?... pas moi, en tout cas... regardez-vous... Il m'entraîne d'une manière assez brutale vers la grande glace du fond et me contraint à me regarder. Vous êtes fabuleusement attirante, permettez-moi de vous le dire et je n'ai pas l'intention d'en rester là avec vous, sachez-le... vous ne trouvez pas que nous allons bien ensemble (il penche sa tête sur mon épaule, dans la glace, il a quelque chose d'attendrissant dans le ridicule)... regardez, nous pourrions faire un beau couple... épousez-moi, ce serait le plus simple, puisque je suis libre... Je suis bien obligée de lui répondre : Mais moi, hélas, je ne le suis pas.

Il a l'air atterré. Il me lâche, se passe la main dans les cheveux, se décoiffe, d'un geste dont je vois bien maintenant qu'il lui est familier. Vous n'êtes pas libre, dit-il, c'est terrible ! Vous êtes mariée ? Oui, monsieur. Je n'y avais pas pensé, dit-il, je ne pense à rien, je suis inconscient, fou malade. C'est la vie que je mène qui me rend comme ça. Cela ne peut plus durer. Plus durer. Les bilans, les comptes d'exploitation, j'en ai par-dessus la tête ! Il faut que ça change. Mais vous ne portez pas d'alliance ? Je n'en porte pas, mais je suis mariée. Il prend son expression hébétée, malheureuse : Si vous n'êtes pas libre, vous êtes bien *un peu* libre tout de même ? Je lui demande ce qu'il entend par là. Réponse rapide : Quelques instants de votre vie pour moi... ce serait si merveilleux, si exceptionnel... vous tenir dans mes bras... quel rêve... quel vertige... Il est revenu à l'assaut, me presse, me serre de nouveau, cherche mes lèvres. J'esquive, me dérobe. Il paraît tout à fait dépité, décontenancé : Vous n'êtes pas que *lectrice* tout de même ?... Je le regarde dans les yeux : Mais si, *lectrice*. Il baisse les bras (au sens propre) : Bon, alors lisez.

Il reprend son fauteuil. Je reprends *Leçon de choses* :

« *La folle avoine, les graminées balayées par les longues jupes font un bruit rêche. La bande avançant à la queue leu leu laisse derrière elle au flanc du coteau un sillon irrégulier au fond duquel l'herbe ne se relève que lentement...* »

Il m'interrompt et me dit, presque comme un ordre : Relisez la première phrase. Heureuse, pensant qu'il commence à prendre de l'intérêt à cette lecture, je m'exécute :

« *La folle avoine, les graminées balayées par les longues jupes font un bruit rêche...* »

Nouvelle interruption. Et changement de ton. Il se lève du fauteuil une fois encore. Eh bien, dit-il, une phrase comme celle-là me *tue* ! Ces longues jupes, avec leur bruit rêche, me tuent ! Voilà où j'en suis ! Je sens là un frisson qui me court de la tête aux pieds, une palpitation de désir qui me submerge (il a réellement dit cela : « Une palpitation de désir qui me submerge », il n'est pas si étranger à la littérature que j'ai pu le penser)... c'est beau, hein ?... mais c'est triste aussi, d'une fantastique tristesse... voilà où j'en suis... deux petits bouts de phrase et je pars en déconfiture... c'est que, chère madame, croyez-le ou non, je n'ai pas fait l'amour depuis six mois... (son expression devient si navrante que j'ai l'impression qu'il va vraiment pleurer cette fois)... je suis, comme je vous l'ai dit, dans la solitude absolue... dans un désert affectif et sexuel total... Il s'est encore rapproché de moi, m'a fait déposer le livre, mais s'est contenté de prendre ma main. Il la tient, agenouillé à mes pieds sur la moquette. Il pose ses lèvres sur le bout de mes doigts : Si vous vouliez m'aider, faire quelque chose pour moi... je vous revois comme vous étiez l'autre jour... cette jupe, vos jambes... Vous pouvez me sauver, dit-il, sauvez-moi !... Je commence à me sentir accessible à la compassion. J'enlève mes lunettes, me penche et lui tends ma bouche.

J'ai sans doute été imprudente. J'ai cédé une fois de plus à ce que Philippe appelle ma « bonne nature ». Il va falloir que je discute avec lui. J'ai déjà dit que c'était un mari libéral et qu'il était bien trop pris par son aérologie pour se faire beaucoup de souci à mon sujet ; mais tout de même il faut que je lui parle.

Je lui parle. Je profite d'une émission un peu languissante consacrée aux volcans – c'est un sujet qu'il adore, mais ce soir, malgré le spectacle des éruptions, malgré l'éloquence rustaude d'Haroun Tazieff, il somnole, il est rentré tard et a eu une journée chargée – pour couper franchement la télé et lui demander de m'écouter. Il accepte en rechignant. Je lui expose la situation. Il a très vite compris et sa réponse est celle que je prévoyais. Ce type-là, dit-il, tu te le *fais* (je m'excuse, mais c'est son langage) si tu en as envie, je pense que ça lui ferait certainement *très plaisir* (c'est aussi son langage), mais je te conseille de prendre beaucoup de précautions, surtout préalablement. Maintenant, si tu veux, nous allons dormir. Je suis furieuse. Je dis : Non, on ne va pas dormir, je n'ai pas sommeil, je veux discuter ! L'ennui est que Philippe, lui, ne veut jamais discuter. Il regarde, d'un œil nostalgique, du côté de l'écran de télévision. Il n'aime pas le voir tout gris, tout vide. Je soupçonne que cela lui donne un sentiment de panique réellement douloureux. Mais, ce soir, il subira. Le problème que je lui ai exposé mérite tout de même mieux que trois mots ou deux phrases bâclées. Il n'en paraît pas du tout convaincu et je sens que ses paupières sont lourdes. Ses cils battent. De merveilleux cils. Il a un charme fou, mais un charme dont il ne fait, hélas, aucun usage. À tel point que, là, devant lui, entre le fauteuil et la télé, je ne sais plus quoi dire, j'ai la parole proprement coupée. Comme il faut tout de même sortir de l'impasse avant qu'il ne s'endorme devant moi

– il bâille dangereusement –, je fonce : Bon, alors, c'est d'accord, j'y vais ?

Tu fais ce que tu veux, me dit-il. Mais surveille-toi, ne dérape pas et surtout n'oublie pas que je t'aime. Il s'est levé et se dirige déjà vers la chambre. Mais il se ravise, il a sans doute quelque chose à ajouter. Après un temps d'hésitation : Tu sais, tu commençais à avoir un vrai job, ça semblait prendre vraiment tournure et te rendre contente, ne va pas gâcher ça pour des salades. *Salades*, c'est aussi de sa langue. Mais qu'est-ce que cela peut bien vouloir dire en ce moment ? De toute façon, je sens qu'il n'ajoutera rien. Il a déjà fait passer son pull par-dessus sa tête et il va se coucher.

Avec Sora, c'est un peu plus complexe. Car je le consulte lui aussi. On ne dira pas que j'agis à la légère. Je prends des avis. Le « vieux maître », comme il fallait s'y attendre, est consterné. Mais je sais depuis longtemps qu'avec moi, et sur ce genre de sujet, il n'est pas objectif. Tu vas tout gâcher ! Il dit exactement la même chose que Philippe, mais sur un autre ton, et avec une autre voix. Avec surtout des préoccupations et des arrière-pensées bien différentes. Pourtant, le premier choc passé, il affecte le détachement le plus complet, la plus parfaite neutralité. Tu fais ce que tu veux, comme tu veux ! Encore la même chose que Philippe, décidément. Ils sont tous les mêmes. Ils respectent tous ma liberté. Je crois que je ne trouverai plus jamais de père : depuis que le mien s'est éclipsé sans tambour ni trompette, je n'ai plus eu la moindre chance de le remplacer. Eh bien, Marie-Constance, sois grande, sois adulte, décide toute seule de ta conduite ! C'est moi qui parle en ce moment, comprenez bien ! Ce n'est pas Sora. Il reste muet comme une carpe. Il est bien trop contrarié par ce que je lui ai appris pour dire quelque chose. Mais je le presse. Il faut qu'il joue son *rôle*. Il faut qu'il me donne son opinion. Oui, Monsieur Sora, vous devez. Allez, parlez, dites.

Alors, tout d'un coup, brusquement, il dit. C'est un jet brûlant de paroles sartriennes où je distingue : Ma petite, dans la vie on est toujours libre et on est toujours seul, fais ce qui te plaît, fais ce qui t'amuse, mais dans ce cas ne demande pas de conseil... si ça t'amuse de coucher avec ce monsieur, couche... il est bien évident qu'il ne demande que cela... je t'avais mise en garde... c'est ton problème, pas le mien... seu-

72

lement, il y a des amusements qui peuvent coûter cher... avoir toutes sortes de conséquences incalculables, tu le sais aussi bien que moi... alors, pèse bien tout... du jour où tu as décidé de passer cette annonce, je t'ai bien dit que tout pouvait arriver, qu'elle éveillerait forcément l'attention des fous, des maniaques, des détraqués... à plus forte raison d'un P.-D.G. désœuvré, quoi qu'il raconte, et probablement en liquidation ou en faillite... séparé, divorcé de surcroît, et pleurnichard comme ce n'est pas croyable... si je t'ai bien comprise, si je t'ai bien suivie... peut-être te plaît-il, peut-être ressemble-t-il à Bernard Tapie, c'est ton affaire... prends tes risques... de toute façon tu n'en as toujours fait qu'à ta tête, non ?... mais si tu veux vraiment un avis, je te le donne : regarde bien où tu vas t'embarquer... et n'oublie pas que tu as mis cette annonce pour faire de la *lecture*, c'est-à-dire pour avoir une activité intéressante et digne... c'était une gageure, mais ça paraissait sur le point de réussir... du moins, à t'en croire... alors, à mon avis, tu ferais mieux de t'en tenir à la *lecture* !

Enfin, il est sorti de lui-même. Il s'est exprimé. Il a bougé. Je suis vraiment très heureuse. Je le regarde avec une sorte d'admiration passionnée. Son visage est coloré d'émotion. C'est beaucoup mieux qu'avec Philippe. Il s'engage, lui. Je crois qu'au-delà des années, je conserve un sentiment très fort à son égard. Mais pourquoi ai-je toujours envie de faire le contraire de ce qu'il dit ? Je pense que ma décision est prise.

La première séance avec Clorinde se passe très bien. Si je puis dire, car on va voir la suite. Quand j'arrive, la petite fille m'attend à la maison, toute seule, et me reçoit comme une grande. Elle m'explique que sa mère ne rentrera que le soir, tard, mais que tout est prévu, qu'on va s'installer ici, si je veux bien, s'asseoir là, que tout à l'heure on prendra le goûter. C'est en fait dans sa petite chambre qu'elle m'amène et, par la fenêtre, je constate que le temps est très beau, comme je l'avais remarqué dans la rue. Un splendide temps d'hiver. Froid, mais lumineusement bleu.

C'est ce beau temps-là qui va me jouer un tour. À peine, en effet, ai-je commencé la lecture d'*Alice* que Clorinde se met à donner de curieux signes d'agitation espiègle. Par exemple, je termine le passage suivant :

« *Alice se sentit tomber dans un puits très profond. Soit profondeur du puits, soit lenteur de la chute, elle eut tout le loisir de regarder autour de soi et de demander ce qui allait advenir. Elle tâcha d'abord de regarder en bas pour savoir où elle allait ; mais il faisait trop noir. Alors elle examina les parois du puits et les remarqua couvertes de buffets et d'étagères ; par-ci, par-là de cartes, de tableaux pendus à des chevilles. Elle happa au passage un pot d'une tablette. Il portait les mots :* confiture d'oranges. *Mais elle fut bien désappointée de le trouver vide… »*

Elle se lève aussitôt, se précipite à la cuisine, je l'entends remuer, déplacer des objets, sans doute un escabeau, ouvrir un placard, et elle revient, triomphante, un pot de confiture d'oranges à la main. Je lui dis de ranger cela bien vite et de revenir écouter l'histoire. Elle s'exécute, revient, reprend place sur sa petite chaise où elle fait mine de se tenir les bras croisés, écoute, mais lorsque j'aborde cette fois le passage de la chatte Dina qui croque les chauves-souris, elle se lève encore d'un bond et va chercher, je ne sais trop où, dans le cellier peut-être, un minuscule chat bleuté qui dort dans un panier. C'est une chatte ! me dit-elle en me mettant le panier sous le nez, elle est née il y a une semaine. Je regarde la chatonne, l'admire, la caresse même du bout d'un doigt, sans la réveiller, puis demande à Clorinde d'aller la remettre là où elle l'a trouvée. La lecture reprend. C'est alors que nous arrivons au passage de la clé d'or :

« *Tout à coup elle rencontra un petit guéridon tout de verre massif, et rien dessus, qu'une mignonne petite clé d'or. La première pensée d'Alice fut qu'elle ouvrirait une des portes ; mais, hélas ! soit que les serrures fussent trop larges, ou la clé trop petite, toujours est-il qu'elle n'allait dans aucune… »*

Inutile de poursuivre ! À ces mots, Clorinde se lève pour la troisième fois et va chercher, sur la porte de l'entrée, la clé de la maison. Elle me l'apporte, me la montre, et c'est ici qu'intervient le malencontreux beau temps. Si nous sortions, me dit-elle, il fait si beau !… je ne sors jamais… maman rentrera tard !… Elle est si adorable tout d'un coup avec ses joues roses et ses yeux de poupée mécanique que je ne résiste pas. Je dis oui. Inconsciente. Irresponsable. Une fois de plus. Mais c'est vrai que le temps est radieux, le ciel vraiment bleu par la fenêtre et qu'il semble nous appeler, nous faire un signe insistant. La clé est là, pendue à un porte-clés, dans la main de Clorinde, et comme un objet magique elle décide de tout. C'est entendu : nous sortons. Il paraît qu'il y a une fête foraine étourdissante au-dessous du Mail, des manèges, des jeux, des boutiques, des baraques. Clorinde est folle de joie. Et moi, c'est clair, je suis folle tout court. Pendant que je remets ma veste fourrée et noue mon foulard, la petite fille s'en va dans la chambre de sa mère où je l'entends ouvrir des tiroirs. Comme je l'interpelle, un peu inquiète, elle me dit qu'elle a un foulard à prendre elle aussi, et un bonnet que sa mère lui prête souvent. Elle s'attarde, semble s'agiter beaucoup, fouille dans des tiroirs, mais finit par revenir, toute belle, avec son petit manteau, le bonnet de laine qui lui descend jusqu'aux yeux, l'écharpe qui fait au moins trois fois le tour de son cou et des gants qu'elle se prépare à enfiler. Elle est prête. Je suis prête moi aussi. Nous regardons si nous ne laissons rien en désordre dans la maison, aucune lumière inutilement allumée, aucun robinet ouvert. Et nous partons. Nous ne dirons rien, murmure Clorinde, c'est notre secret ! Je lui réponds, en tirant la porte, de me donner la clé, car il ne faut surtout pas la perdre.

Nous voici dans la rue froide et ensoleillée. Nous prenons un bus pour arriver plus vite au Mail. Les moindres détails, les passants, les affiches publicitaires dans le bus, le conducteur, les vitrines des magasins en cette veille de Noël, les branches des sapins garnies d'étoiles et de guirlandes paraissent un enchantement à Clorinde. Et puis, tout d'un coup, la fête ! Elle veut monter sur tous les manèges. Sur un cheval rutilant, sur une motocyclette chromée, dans un vaisseau spatial hérissé d'antennes, dans une fusée multicolore. J'ai si peur qu'elle commette des imprudences que je finis par monter avec elle, et nous sommes là, deux folles, aux yeux du public abasourdi (du moins en ce qui me concerne), entraînées dans la ronde, dans le tourbillon. Comme j'ai déjà payé un grand nombre de tours, Clorinde, avec un comportement de vraie petite femme, me dit qu'elle veut en payer aussi, qu'elle a beaucoup de pièces, dans les poches de son manteau, elle a pris soin de les extraire de sa tirelire avant de venir. Nous recommençons, sur une grande chenille, cette fois, puis sur des balançoires qui voltigent dans l'espace. Cela ne semble pas chavirer l'estomac de Clorinde, qui veut aussi honorer les baraques où l'on offre des friandises, se gorgeant de caramel et de chiques, se barbouillant de barbe à papa, sirotant du coca-cola, croquant des amandes au sucre. Je commence à m'inquiéter sérieusement. Mais je me rassure en me disant que cette enfant doit être ordinairement privée de ce qui fait la joie des autres enfants, pour se déchaîner ainsi. Et que sa mère-promotrice ferait bien de lui donner un peu plus de temps et de complicité.

Je ne me doutais pas qu'au moment où je pensais cela, cette dame affairée rentrait chez elle prématurément, par un extraordinaire coup de hasard, trois de ses rendez-vous de l'après-midi ayant été annulés. Et elle rentrait, toute ravie et enthousiaste de trouver sa fillette avec sa *lectrice*, puisque c'était le jour de la première séance. Et voici – effroi ! – ce qui se passe au moment même où nous tourbillonnons sur les manèges. Elle sonne. Personne n'ouvre, personne ne répond. Elle entre avec sa propre clé. Elle trouve la maison déserte. Elle va dans la chambre de Clorinde : elle voit la chaise et le petit banc face à face, inoccupés bien entendu et comme bizarrement abandonnés, le livre *Alice au pays des merveilles* jeté par terre, ouvert. Elle va dans toutes les pièces, ouvre toutes les portes. Rien. Personne. Pas le moindre signe. Pas le moindre message. Alors l'angoisse lui monte au ventre, à la gorge, à la tête, se transformant en un instant en une totale panique, surprenante chez une femme professionnellement habituée à garder la tête froide. Mais, c'est un fait, la panique la submerge et elle n'entend qu'une phrase, démente, affreuse, obsédante, bourdonner à ses oreilles, cogner à ses tempes : Ma fille a été enlevée ! Hypothèse confirmée par l'absence dans le tiroir ou placard qu'elle vient d'ouvrir des vêtements de Clorinde : manteau, écharpe, bonnet, gants. Aucun doute : cette femme dangereuse l'a habillée soigneusement et douillettement pour mieux l'*enlever*. Pour l'emporter, pour l'entraîner, pour la ravir. Voilà ce qu'il en coûte de se laisser piéger par des annonces dérisoires et de confier son enfant, avec les meilleures intentions du monde, à une inconnue. À la première venue. Une spécialiste du rapt et du kidnapping. Peut-être une de ces malheureuses égarées perdues dans leurs hideuses idées fixes, qui n'ayant jamais eu d'enfants, volent sans scrupules ceux des autres. Ou bien une truande, parfaitement expérimentée, qui s'apprête maintenant à demander une énorme rançon. Madame la promotrice s'épouvante, se désole, se révolte, s'en veut de son inconcevable imprudence, sent une bouffée de larmes lui monter aux yeux à la pensée de ce que peut souffrir sa petite Clorinde, se demande si elle téléphone ou non à la police, mais, au moment de décrocher le récepteur, retourne dans sa chambre, par un dernier réflexe de femme d'affaires, pour voir si l'on n'a rien pris dans le tiroir de la commode où elle range quelques bijoux et objets précieux, et constate qu'en effet les bijoux ont disparu.

Ici, il faut, pour bien suivre, se représenter Clorinde, les joues en feu, entre deux tours de manège, ouvrant tout d'un coup son manteau et déroulant son écharpe, pour me montrer, radieuse de bonheur, deux rangs de collier de perles autour de son cou ainsi qu'un pendentif d'émeraude et un brillant monté sur un anneau d'or, puis tirant de ses poches toutes sortes d'objets étincelants en précisant qu'elle n'a pas pris seulement une provision de pièces de monnaie, mais des bagues, des broches, des boucles d'oreilles, des camées, des pierreries de grand prix, toutes choses, dit-elle, que sa mère lui prête de temps en temps et qu'elle a voulu emporter avec elle aujourd'hui, puisque c'est la fête et que l'on se devait dans les fêtes d'être aussi belle et parée que possible. Foudroiement de la lectrice, clouée sur place de la voir avec tous ces bijoux sur elle, qui jettent leurs feux sur son cou, sur son petit buste, à son oreille (où elle vient d'accrocher une boucle d'or), à son doigt (où elle vient d'enfiler une bague de corail), dans ses mains !

La mère, pendant ce temps, découvre donc que le tiroir est vide. Tout s'éclaire en une fraction de seconde. Non seulement le rapt, mais le vol organisé. Eh bien, voilà qui lui apprendra à vivre ! Elle décroche le téléphone et d'une voix tremblante, cassée, frémissante, appelle le commissaire de police auquel elle résume tout. Il ne peut même pas placer un mot tant elle tremble de douleur et de colère. Il lui demande de garder son sang-froid et de passer le voir dès qu'elle pourra. Il demande le signalement de Clorinde et le mien.

Fort heureusement, moins d'une heure après ces événements, Clorinde est là, et moi aussi. L'explication est difficile. Elle a lieu tout de même. Je plaide coupable, mais je plaide aussi l'étourderie, l'ivresse du beau temps d'hiver, la joie de découvrir une petite fille si vive, son pouvoir quasi magique de séduction, sa gentillesse et son intelligence pétillantes. J'en « rajoute » autant que je peux pour essayer de désarmer la mère. Mais elle ne désarme pas. Elle est hors d'elle, elle crie, elle se montre hystérique, elle me traite de tous les noms. Je lui dis que les bijoux sont là, qu'il n'en manque pas un seul, propose de les étaler sur la table pour les compter un par un. Proposition qui la rend encore plus furieuse, la fait hurler encore plus fort. Elle parvient à me dire pourtant, à travers ses vociférations, que son émotion a été si forte en découvrant l'appartement vide, les tiroirs fracturés (dit-elle), qu'elle a failli avoir un infarctus, qui n'est pas seulement une maladie d'homme comme on le croit trop souvent, mais une maladie qui peut aussi frapper les femmes actives et responsables comme elle, pas les idiotes oisives et inutiles comme moi, il faut que je le sache, que je me le tienne pour dit. Elle s'assoit, respire mal, s'éponge le front. Si elle meurt, ce sera de ma faute. Son visage s'est défait, sa permanente a coulé sur son front, son beau maintien de femme cadre s'est décomposé. Clorinde, comprenant l'étendue de sa faute, pleure aussi, puis crie, se roule par terre. Je ne sais plus comment arrêter le désastre.

Les jours passent. Nous sommes entrés dans l'année nouvelle. J'espère que les fêtes de Noël se sont bien passées pour Clorinde et que sa maman lui a tout pardonné. Mais il est probable que je ne reverrai pas de sitôt l'une et l'autre. Sauf si l'on me rappelle. Si l'on me sonne. En attendant, il est important que je ne perde pas mes quelques « usagers » bien accrochés. Justement, je me rends chez mon P.-D.G. aujourd'hui. Il est accroché plus que personne, on l'a compris, mais par autre chose que la lecture. J'ai pris ma décision et je suis prête. Il faut pourtant que j'essaie de l'amener aux textes littéraires. Si Claude Simon est un peu trop fort pour lui, je peux essayer de le séduire avec Perec. C'est ce que j'ai décidé de tenter. J'ai pris quelques pages de *W*. Je les ai lues et relues. Elles sont tout à fait accessibles et devraient pouvoir lui plaire. Je les ai même enregistrées dans la « chambre sonore » et, en ce moment même, pendant que je marche, j'ai un petit walkman aux oreilles qui me permet de réentendre mon texte. La rue en est toute merveilleusement animée et j'efface le bruit des automobiles. En outre, les écouteurs bien ouatés me protègent agréablement les oreilles du froid. Il fait toujours sec et vif.

Tout de suite, je sens que le cher Michel n'est pas très disposé à l'écoute. Il faut pourtant qu'il en passe par là. Je lui vante les mérites de Perec dont il n'a jamais entendu parler. Nous nous installons et je commence (après lui avoir garanti que dans les dîners, avec un texte pareil, il fera vraiment excellente figure) :

« *Je n'ai pas de souvenirs d'enfance. Jusqu'à ma douzième année à peu près, mon histoire tient en quelques lignes : j'ai perdu mon père à quatre ans, ma mère à six ; j'ai passé la guerre dans diverses pensions de Villard-de-Lans. En 1945, la sœur de mon père et son mari m'adoptèrent.*

Cette absence d'histoire m'a longtemps rassuré : sa sécheresse objective, son évidence apparente, son innocence me protégeaient, mais de quoi me protégeaient-elles, sinon précisément de mon histoire vécue, de mon histoire réelle, de mon histoire à moi... »

Il m'interrompt brusquement et je comprends aussitôt qu'il sera difficile d'aller plus loin. Mon histoire à moi... mon histoire à moi... dit-il en bégayant presque, je ne sais pas de quoi parle ce monsieur... mais mon histoire à moi, la mienne, je vous l'ai dit, je me répète, est affreuse, désespérante... à un point que vous n'imaginez guère... cette femme à qui j'avais tout donné, tout sacrifié... et qui m'a lâché... dans des conditions que je ne veux même pas, ne *peux* même pas évoquer... et maintenant ce vide... et ce monde abominable d'affaires, de conseils d'administration, de repas, de voyages, qui rend ce vide encore plus béant... je n'en peux plus... je ne veux plus rien écouter, entendre... venez ! Je lui demande où. Il me répond : Dans ma chambre. Déjà il est près de moi et tire, sans discrétion excessive, sur mon bras qu'il vient de saisir. Il est clair qu'aujourd'hui il s'est préparé à passer à l'acte. À être rapide et efficace.

Mais comme j'ai déjà accepté à part moi, il n'a pas à livrer grande bataille. Nous voici donc dans la chambre, et bientôt au lit. Je me suis déshabillée vite, peut-être ai-je eu tort, mais en cette saison j'aime me glisser aussi promptement que possible sous les draps et les couvertures. Il est visiblement pris de court et n'ose pas se dévêtir de la même manière. Comme le silence doit lui paraître insupportable, il toussote deux ou trois fois, puis vient s'asseoir sur le bord du lit en me prenant la main. Je suis tellement ému, dit-il, tellement ému... je n'y croyais pas ! Il me tient le poignet comme on ferait d'une personne malade, d'un enfant fiévreux, comme s'il me prenait le pouls, mais il est évident que c'est son pouls à lui qui doit battre très fort. Je lui dis simplement, à mon tour : Venez.

Il se décide enfin à se lever, non sans de grandes hésitations, et il va vers la salle de bains. J'entends couler de l'eau, beaucoup d'eau. Des vêtements qui tombent. Puis un bruit de flacon qu'on manipule, qu'on pose sur le lavabo ou sur le bord de la baignoire, le tapotement d'une main qui doit appliquer un peu d'alcool ou d'eau de lavande sur des joues rugueuses ou des flancs replets. Il revient, une grande serviette blanche roulée autour des reins. Il va vers la fenêtre, tire le rideau. Il hésite encore, ne se décide pas à venir me rejoindre. Il le fait pourtant. À peine est-il dans le lit, j'en sors pour me rendre à mon tour à la salle de bains, avec sa permission. Il me voit traverser la pièce avec une sorte d'ahurissement qui agrandit son regard. Je fais moi aussi couler de l'eau. Je reviens moi aussi la taille drapée dans une serviette blanche que j'ai fortement nouée sur ma hanche. Je fais un détour par la salle de séjour pour en ramener un livre, et même deux livres. Revenant au lit, je dis : Nous allons reprendre un peu de Perec, et même pourquoi pas de Claude Simon. Je suis assise au milieu des draps, adossée à l'oreiller, je feuillette un de ces livres, j'ai mes lunettes sur le nez. Il est allongé à côté de moi. D'une voix plaintive, il dit : Par pitié, ne soyez pas sadique ! Je lis tout de même quelques lignes. Il m'interrompt : Ah, votre voix ! Tout vient de votre voix ! Elle me pénètre jusqu'au fond des moelles ! Je n'ai jamais entendu une voix comme la vôtre, Marie-Constance ! J'en suis tout frissonnant ! Rendez-vous compte ! Il me prend la main et me la met d'autorité sur sa poitrine : un beau torse, bien tapissé. Comme je la retire il a l'air mécontent, déçu. Il se lève brusquement et déclare qu'il va chercher des cigarettes. Il n'a pas l'air gêné de marcher tout nu à travers la pièce. Il est plutôt beau : bien construit, bien charpenté. Il revient avec son paquet de Marlboro. Il le pose sur la table de nuit, ainsi qu'un briquet et un cendrier. Comme j'ai repris le livre, il s'assoit aussi dans le lit, prend une cigarette et l'allume, sans doute pour manifester sa mauvaise humeur.

Puis, tout d'un coup, ça y est ! Il éteint brusquement sa cigarette dans le cendrier, m'arrache mon livre, mes lunettes et, sans préavis, se jette sur moi. Il m'étreint, m'écrase. Ce qui devait se produire se produit immanquablement. Il a beau me serrer, me presser, m'embrasser partout, sur la bouche, sur les oreilles, dans le cou, sur les seins avec une avidité terrifiante, le résultat est faible. Il s'en rend compte, se retourne brusquement, revient à sa place, une expression pathétique sur le visage. Je le savais, dit-il, je m'en doutais... pourtant *tu* es si belle, si merveilleuse, si exceptionnelle... c'est précisément parce que je te désire tellement... cette folle impatience... cette impatience de désespéré, de malade... tu dois comprendre que je suis dans la situation de quelqu'un qui n'aurait pas mangé depuis des mois et qu'on met tout d'un coup devant une table somptueuse, un festin royal... il ne peut rien avaler... il meurt de faim... mais son estomac refuse, son gosier refuse... Que lui répondre, sinon : Je suis une table somptueuse ? un festin royal ?

Plutôt que de poursuivre cette conversation, il a préféré se rasseoir dans le lit et reprendre une cigarette. Je lui conseille d'éviter de brûler les draps et commets l'insigne maladresse de lui dire que sa femme aurait dû lui apprendre à ne pas fumer au lit. Non seulement il paraît exaspéré, mais il se lève une fois encore, comme mû par un ressort, pour aller retourner vers le mur une photo de femme – plutôt pimpante, m'a-t-il semblé – qui se trouve sur une étagère, en face du lit. J'oubliais ! dit-il avec une sorte de rage, elle n'a plus rien à faire ici... surtout aujourd'hui ! Puis revenant, tout malheureux, tout triste, tout tragique vers le lit : Mais moi, ai-je affaire encore à quoi que ce soit ? Ai-je à faire encore avec la vie ?

Je lui dis que oui, bien sûr, j'essaie de le réconforter, je le persuade de reprendre place à mon côté. Il le fait, mais avec des signes d'abattement sur le visage. Je ne sais pourquoi il me semble que cet abattement pourrait se transformer à tout moment en violence. Donc, je le rassure en lui affirmant que ce qui lui arrive est tout à fait normal et sans gravité particulière. Il faut simplement qu'il se calme, se relaxe, qu'il détende tout son corps et son esprit, et pour cela un peu de lecture ne pourra que lui être bénéfique. Je suis de nouveau assise, nue, dans le lit. J'ai repris mes lunettes et Perec. Il m'écoute :

« *Une fois de plus les pièges de l'écriture se mirent en place. Une fois de plus, je fus comme un enfant qui joue à cache-cache et qui ne sait pas ce qu'il craint ou désire le plus : rester caché, être découvert...* »

Timidement, mais assez fermement tout de même, il met sa main sur un de mes seins. Mais comme avec distance. Sans aucune fougue ni ardeur, sans aucun mouvement de conquête. À la lettre : *posément*. Je devine qu'il a besoin à la fois d'audace et de calme. J'abandonne le livre, respire profondément, regarde la chambre circulairement à travers mes faux verres. Une belle pièce aux murs légèrement teintés de rose, avec des appliques noires du plus bel effet. Un mobilier simple, géométrique. Une glace taillée en losange où je me vois et où je vois sa main sur moi. Un tableau, au mur, qui me fait penser à Mondrian. Un superbe téléphone à touches d'un mauve luisant, à portée de lit. Un soliflore de cristal, d'une élégance extrême, près de la photo retournée. Je n'avais pas pris le temps d'observer toutes ces choses. Maintenant je les distingue une à une. La pièce est grande, confortable, ordonnée. La femme de ménage doit être diligente. Nous sommes bien dans ce lit. Mais il faut faire quelque chose. Il doit le penser aussi car la pression de sa main s'accroît sensiblement. En même temps, il me dit d'une voix basse, sourde, un peu étranglée, que j'ai une belle, très belle poitrine.

Je suggère que l'on rejette les couvertures et les draps, car il vaut mieux être découvert que caché pour faire l'amour, pas trop enfoui en tout cas. Et cela peut permettre une meilleure préparation. Bien qu'il ait l'air un peu étonné de ce propos, se demandant sans doute s'il ne dissimule pas un piège, il déclare qu'il est d'accord, mais qu'il serait peut-être bien de monter un peu le chauffage pour que *je* n'aie pas froid. Il se lève aussitôt et va tourner la roue de réglage du radiateur. Il propose même de brancher un chauffage d'appoint si je le souhaite. Mais je ne le souhaite pas, la pièce est déjà tiède. S'il veut vraiment de la chaleur, je lui offre celle de mon corps. Sans doute le comprend-il, puisque, revenu au lit, il se jette de nouveau sur moi. Mais dans une tentative inversée. Peut-être pour éviter les précédents mécomptes. C'est-à-dire qu'il précipite sa tête sur mon ventre qu'il embrasse, lèche littéralement, avec une violence inouïe, autour du nombril (dont le décentrement ne semble pas avoir été remarqué de lui, n'a pas coupé son élan en tout cas), puis plonge follement, vertigineusement vers mon sexe, enfouit son visage entre mes cuisses que je suis en train d'écarter autant que faire se peut. Une ivresse lentement me submerge, atteint mes reins, va bientôt monter plus haut encore, frapper, déferler comme une vague sur mon cou, ma nuque, mon cerveau. Il est en train de me brouter, de m'absorber avec une vraie démence. Mais j'ai oublié de dire, en me présentant tout à l'heure, que les poils de mon pubis et de mon sexe sont incroyablement frisés et d'une implantation très serrée. Par malchance, un de ces poils a dû mal se placer sur sa langue ou même dans sa gorge car, tout d'un coup, au moment de la plus folle passion, le voilà pris d'une quinte de toux extrêmement dure, comme s'il venait d'« avaler de travers », et c'est malheureusement ce qui s'est sans doute produit. Il redresse la tête, tousse de plus en plus, suffoque, n'arrive pas à reprendre son souffle, et devient si rouge que je commence à m'affoler. Force m'est de retrouver mes esprits et de revenir à une position décente. Je lui demande si je peux quelque chose pour lui, propose de l'accompagner jusqu'à la salle de bains. Nous voici devant le lavabo que je viens d'éclairer et, tandis qu'il tousse toujours, je regarde dans sa bouche, dans sa gorge pour voir si je ne trouve pas le corps étranger qui le gêne si fort. Il me faudrait une torche électrique, et sans doute une pince à épiler, un objet quelconque, pour l'extraire. Je fais comme je peux avec mes doigts, plongeant profond, fouillant profond et sans doute j'arrive à quelque chose, puisque tout d'un coup il paraît soulagé, ne tousse plus, reprend son souffle. Je lui conseille de boire de l'eau, tout de suite. Il remplit son verre à dents au robinet, boit. De toute évidence, cela va mieux.

Il n'a plus l'air de savoir très bien où il est. Ses yeux sont rouges, ses cheveux complètement en désordre. Mais le traumatisme de cet incident semble tout de même l'avoir arraché aux fantasmes, aux obsessions de l'imaginaire et c'est un homme tout à fait détendu et docile que je ramène maintenant dans le lit, le tenant par la main. Il se laisse faire, s'abandonne, et c'est très bien ainsi. Je prends doucement possession de son corps, le caresse de la tête aux pieds, tandis que, les yeux clos, il ne laisse filtrer qu'un léger murmure de plaisir de ses lèvres et, au bout de quelques instants, je n'ai aucune difficulté à m'accroupir sur lui, à le chevaucher amoureusement.

Je me redresse de tout mon buste pour le voir et je me sens splendide, reine, maîtresse. Il respire de plus en plus profondément, halète presque, et le murmure devient comme un bourdonnement sourd. Je lui dis qu'en amour il faut ne rien hâter, faire durer les choses et je lui propose de reprendre la lecture que nous avons interrompue, puisque le livre est là, quelque part sous les couvertures. Je le cherche, le trouve, l'ouvre, lis (bien que j'aie réellement beaucoup de mal à contrôler, à tenir ma voix) :

« *W ne ressemble pas plus à mon fantasme olympique que ce fantasme olympique ne ressemblait à mon enfance. Mais, dans le réseau qu'ils tissent, comme dans la lecture que j'en fais, je sais que se trouve inscrit et décrit le chemin que j'ai parcouru, le cheminement de mon histoire et l'histoire de mon cheminement... »*

L'initiative ne doit pas être très heureuse. J'en ressens, au creux de moi, de manière non équivoque, les effets négatifs. Il a d'ailleurs trouvé la force de rouvrir les yeux et de les rendre implorants pour me dire : Ah non ! Tout, mais pas la *lecture*, pas maintenant ! Il a sûrement raison. Le livre disparaît. Tout le reste revient. Je ne sais quoi de béant et de fou est en train de s'installer en lui comme en moi. Je lui demande de tenir les yeux ouverts, le plus longtemps possible. Il me dit que c'est très difficile, comme quand on veut regarder le soleil. J'insiste pourtant, je veux qu'il voie mon visage comme je vois le sien. Il me regarde, je ne sais pas si c'est avec tendresse ou avec douleur. J'engage avec lui une conversation tranquille où j'essaie de lui faire comprendre que les mérites de la lecture ne sont pas aussi étrangers à ceux de l'amour qu'il semble le croire. Il me répond que c'est peut-être vrai, mais qu'en ce moment il m'aime, c'est tout. Il le sait, il en est sûr. J'essaie de ne pas laisser mes traits se dérober, m'échapper, ni ma voix se noyer, je veux garder la vue et la parole. Il ne dit plus rien, lui, il a posé ses mains sur mes hanches, et il appuie de toute la force de ce désespoir qu'il veut être de l'amour. Je mets les miennes sur ses épaules et je lui dis calmement, mon visage planant au-dessus du sien, qu'il ne doit se faire aucune illusion sur mon compte, que je suis venue pour lui lire des livres, comme il l'a demandé, et que je ne reviendrai sans doute que pour cela. Il dit : Très bien, d'accord, d'une voix à peine audible maintenant. Je sens l'immensité de l'arbre du néant, du bonheur et du délire croître en moi. Un balancement s'empare de tout mon corps : les hanches auxquelles il s'accroche maintenant comme à une bouée, les fesses, les reins, les cuisses, tout le dedans. C'est comme un bateau, un voyage. Il ouvre encore les lèvres pour demander que ce voyage ne finisse pas. J'ai le temps de lui annoncer qu'il va finir, comme tous les voyages, avant de renverser ma tête en arrière, dans l'eau profonde.

Stupeur. Je suis convoquée au commissariat de police. Je me demande ce que cela peut bien cacher. Serait-il question de réglementer ma « profession » ? Ou bien ma rencontre avec Michel Dautrand aurait-elle déjà fait quelques vagues, quelques éclaboussures ? Il faut se méfier avec les petites villes : la vie publique y télescope vite la vie privée.

En fait il s'agit de l'affaire de Clorinde. J'aurais dû y penser. Mais un mois après, j'avais de bonnes raisons de croire que tout était classé, puisqu'il ne s'était rien passé. C'est ce que j'explique à l'homme qui vient de se présenter à moi comme le commissaire Beloy et qui porte bien une probable cinquantaine : blouson de cuir souple, allure sportive, style vaguement baroudeur à ce que j'imagine. Je lui dis que cette histoire relève de la pure fiction, de l'imagination enfiévrée d'une femme un peu exaltée, sans doute inquiète à juste titre, et de la fantaisie d'une gamine délurée. Sait-il au moins que tout était rentré dans l'ordre le jour même, que tous les bijoux avaient été récupérés ? Il le sait parfaitement, il me rassure, il me précise que jamais la moindre plainte n'a été déposée et qu'il a assez d'expérience pour avoir très vite ramené les choses à leurs justes proportions. Toutefois, dit-il en hochant la tête, il y a eu le coup de téléphone de cette dame qui, au moins à chaud, paraissait très alarmée, même si elle a rappelé plus tard pour dire qu'il n'y avait pas lieu de donner suite à son appel et, vous savez ce qu'est la routine, surtout dans les milieux de la police qui travaille avec des moyens tout à fait insuffisants et dans des conditions vétustes, pour ne pas dire archaïques, nous avons déclenché aussitôt une rapide enquête, pas si rapide en réalité puisqu'elle n'aboutit que maintenant, et nous avons su que vous aviez fait passer dans les journaux une annonce, nous n'avons pas la moindre chose à vous reprocher, j'insiste là-dessus, mais les annonces de ce type sont toujours curieuses, ou plus exactement, c'est le rôle de la police d'être curieuse, surtout quand des incidents comme celui-ci ont lieu, parfaitement anodin j'en conviens, et sans conséquence... mais enfin voilà pourquoi je vous ai demandé de passer... pour que vous m'éclairiez un peu...

Enfin il a fini. J'ai cru qu'il ne sortirait pas des sinusoïdes de sa phrase. Il me regarde avec cet air de gros chat matois prêt à vous sauter dessus que les flics savent prendre, quand ils veulent tout à la fois paraître compréhensifs et montrer qu'on ne peut pas les rouler. Assez belle physionomie. Sourcils broussailleux et grisonnants mais comme un velouté dans le regard. Je dis : Mais enfin, monsieur le commissaire, qu'est-ce que cela veut dire ? La liberté n'existerait-elle plus ? Ma profession est-elle réglementée ? Il n'a pas l'air très content de ma réaction : Madame, dit-il, je vous ferai d'abord observer que ce n'est pas une profession et c'est bien pour cela qu'elle n'est pas réglementée ; deuxièmement, sachez que la liberté ne s'est jamais si bien portée en France, comparez avec d'autres pays qui ont peut-être votre sympathie, je ne sais pas. Je dis cela comme je dirais n'importe quoi, c'est une pure hypothèse de ma part, mais enfin vous n'ignorez pas les fabuleux progrès de l'insécurité dans notre société et les justes alarmes de nos concitoyens...

Comme je le regarde, muette, il ajoute : Je dis alarmes, parce que cette dame, je vous le rappelais tout à l'heure, était extrêmement alarmée ; vous estimez que c'était à cause de son imagination ou de l'exubérance espiègle de sa fillette, bon, je veux bien, mais c'était un peu aussi à cause de votre imprudence, n'est-ce pas, vous pourriez le reconnaître ?... alors voilà, je vous invite à la prudence, c'est tout, à l'avenir... dans l'exercice de votre *profession*... je ne voulais rien vous dire de plus...

Silence. La pièce est nue, les murs sont sales. Une machine à écrire crépite dans mon dos. Je me retourne pour constater que ce n'est pas une dactylo qui est en train de taper, mais un policier à l'œil torve. Il pianote d'un seul doigt tout en tirant sur son mégot et en essayant de voir ce qui se passe avec moi. Mais il ne se passe rien. Que pourrais-je répondre au commissaire Beloy ? Il veut avoir le dernier mot ? Il l'a. Son téléphone retentit à point pour lui offrir une très belle sortie. Il décroche, écoute ce qu'on lui dit en fronçant son sourcil (broussailleux), répond avec une indifférence ennuyée. Il s'agit apparemment d'une histoire d'automobile volée, classique comme toutes ces histoires et sûrement banale, mais le commissaire fait tout pour poser devant moi, pour avoir une attitude détachée, aisée. À un moment donné, il écarte le combiné de son oreille et le tient éloigné, dans le vide, le faisant légèrement tournoyer, tandis qu'une malheureuse voix tatillonne s'égosille à lui fournir des explications qu'il n'écoute pas. En même temps, il me regarde, fixement, longuement, exagérément. Cela menace de durer. Mais il met sa main sur l'appareil, se lève, s'incline vers moi et, galant, me dit qu'il me remercie et que je peux disposer. Il ajoute même qu'il est très content de me connaître.

C'est tout de même vrai que j'ai un métier maintenant et qu'il commence à s'organiser. Pas une foule de clients, bien sûr, mais si je ne perds pas ceux que j'ai (si je ne les perds pas en effet !), cela pourrait tourner. Donc, soignons-les, un par un.

Cet après-midi, je me rends chez la Générale que je n'ai pas visitée depuis quelques semaines, à cause d'une grippe qui l'a secouée mais qui, paraît-il, est impatiente de me voir revenir. C'est la bonne qui m'a dit cela au téléphone. Enfin, je veux dire : la gouvernante. Le bizarre personnage, vous savez bien. Quand j'arrive, elle me confirme que la Générale était impatiente et elle ajoute qu'elle était impatiente elle-même, car je leur apporte à toutes deux elle ne sait quelle lumière, quelle chaleur. Cela vient sans doute de ma présence, mais tout particulièrement de ma voix. Elle aimerait tant pouvoir assister aux séances de lecture. Elle en serait charmée, délectée. Ces compliments me sont adressés sans aucune pudeur, d'une manière beaucoup plus directe que les précédentes fois. Elle a l'air très étrangement corsetée sous une blouse sévère et une jupe à plis droits serrée à la taille par une sorte de ceinturon. Ses cheveux sont plus tirés que d'habitude. De vraies flamm-mèches jaillissent de ses yeux. Brusquement, elle regarde sa montre et me dit que sa maîtresse était d'autant plus impatiente que je suis en retard. J'explique qu'il y a de l'agitation dans les rues, je ne sais quels embouteillages, que j'ai dû laisser ma voiture assez loin et venir à pied.

À ce moment précis, la Générale ouvre sa porte, sort de sa chambre, figure hagarde, grandiose et impressionnante et, brandissant un journal, me reproche de ne pas lire la presse, moi qui y publie des annonces : Vous auriez su, Nouchka, dit-elle, qu'il y a aujourd'hui dans notre ville une importante manifestation des employés d'autobus, organisée par leur syndicat, et que les ouvriers des usines Thoms qui se trouvent comme vous le savez à trois cents mètres d'ici, et où justement on fabrique des autobus, vont probablement s'y joindre dans l'après-midi… il me reste à souhaiter qu'ils passent sous mes fenêtres… en attendant, si vous voulez bien, nous allons reprendre notre lecture où nous l'avions laissée… je n'ai pas perdu le fil, malgré cette grippe qui m'a terrassée (vrai roulement de tonnerre magyar !)… Je lui dis que ce n'est sûrement pas une grippe, même prolongée, qui viendra à bout d'une constitution aussi robuste que la sienne et j'exprime mon admiration pour sa vitalité comme pour sa vigilance politique et syndicale jamais en défaut. L'autre, une fois de plus, s'est évanouie : je croyais pourtant qu'elle mourait d'envie d'assister à la lecture.

À vrai dire elle n'y aurait pris qu'un plaisir très relatif, car il me faut encore revenir à un texte de Marx, abordé lors de la dernière séance et qui n'est pas plus drôle, à mes yeux du moins, que les précédents, bien qu'il traite de robinsonades. C'est en effet un passage de la *Contribution à la critique de l'économie politique* où il est question de Robinson Crusoé et de la société bourgeoise. Je lis, tandis que la Comtesse boit son thé, adossée à ses coussins :

« *Le chasseur et le pêcheur individuels et isolés, par lesquels commencent Smith et Ricardo, font partie de ces plates fictions du XVIIIᵉ siècle. Les robinsonades n'expriment aucunement, comme certains historiens de la civilisation se l'imaginent, une simple réaction contre des excès de raffinement et un retour à un état de nature mal compris. Pas plus que ne repose sur un pareil naturalisme le* Contrat social *de Rousseau, qui établit des relations et des liens, au moyen d'un pacte, entre des sujets indépendants par nature. C'est là l'apparence, et l'apparence purement esthétique, des petites et des grandes robinsonades. Elles sont plutôt une anticipation de la « société bourgeoise », qui se préparait depuis le XVIᵉ siècle et qui, au XVIIIᵉ siècle, marchait à pas de géant vers sa maturité. Dans cette société où règne la libre concurrence, l'individu apparaît dégagé des liens naturels, alors que…* »

Je lève la tête, surprise par un bruit assez tumultueux qui monte de la rue et envahit presque la pièce. La Comtesse ne s'était pas trompée. Elle bondit littéralement de son lit, trop heureuse d'imaginer que des manifestants soient en train de se rassembler sous ses fenêtres. Robinsonades, dit-elle avec une sorte de joie mauvaise, beaucoup trop de robinsonades ! Vous avez entendu parler, bien que vous ne lisiez pas les journaux, des écologistes et de ceux qu'on appelle les verts... en Hongrie, ce sont les bleus... voilà les robinsons modernes... il faut leur opposer les saines réalités du peuple et de la rue... Avant même que j'aie eu le temps de dire quoi que ce soit, elle va vers la fenêtre, en chemise, tire les rideaux, ouvre largement les persiennes d'une façon si déterminée que j'ai le sentiment qu'elle va commettre inéluctablement un véritable acte de folie ou, en tout cas, s'exposer en cette saison aux périls d'un brutal refroidissement qui, à son âge, pourrait être mortel. Que faire pour la retenir ? Sa véhémence paraît plus forte que tout. Je songe un instant à appeler la servante, mais je pressens que cela apporterait probablement plus de complication que d'aide. J'essaie pourtant d'éloigner la vieille dame de la fenêtre. Elle me désarme en disant : Laissez-moi faire, j'ai tout prévu !

Elle a en effet rassemblé sous son lit plusieurs des drapeaux rouges de sa collection. Elle écarte le chat mauve qui dort sur l'un d'eux. Elle les retire un par un et les brandit maintenant à la fenêtre, avec les signes de la plus vive excitation. Elle se penche tellemen que j'ai peur qu'elle ne tombe et je m'agrippe à sa chemise pour la retenir.

Effectivement, le cortège des manifestants est en train de passer dans la rue. On peut voir toutes sortes de banderoles, notamment des banderoles de la C.G.T. Des hommes et des femmes se tiennent par le bras en scandant des slogans, certains ont leurs uniformes de travail, des vêtements de traminots. Je redoute qu'on ne prenne l'initiative intempestive de la Générale pour une provocation et, de fait, le cortège s'arrête un moment sous les fenêtres, les manifestants se rassemblent sur le trottoir, semblant marquer le pas d'une manière inquiétante, les yeux interrogateurs, les visages levés vers la façade de l'immeuble. Il en arrive d'ailleurs de tous côtés, une foule s'agglomère. La Comtesse semble tout à fait satisfaite et remue avec fougue ses vieux bras, de droite à gauche, pour agiter ses drapeaux historiques dont elle secoue littéralement la poussière aux quatre vents. Je ne sais que faire. La foule, dirait-on, gronde. Mais, tout d'un coup, au contraire, c'est comme un vaste vivat qui monte d'elle, une houle d'acclamations. Jamais sans doute on n'a vu autant de monde sous ces fenêtres. Ni entendu une telle clameur. La Générale tourne vers moi un visage radieux et impérieux et me demande d'aller chercher, toujours sous son lit, une cassette où elle a enregistré, dit-elle, l'*Internationale*.

Les mois passant, mon petit commerce commence à se parer de quelque notoriété. Les choses ont dû se dire. Le bouche à oreille a dû fonctionner. Le fait est qu'on me « demande » assez souvent, même si je ne réponds pas toujours. C'est très bien ainsi : je peux choisir. Je préfère d'ailleurs, pour l'instant, garder mes fidèles. Mais je ne peux rester insensible à un certain changement qualitatif qui se dessine dans les propositions que l'on m'adresse : des collectivités, des maisons de retraite, des centres culturels, des hôpitaux même ont pris contact avec moi. Personne pour personne, je deviens une *personne* établie.

C'est peut-être ce qui préoccupe le commissaire Beloy. Voilà qu'il me convoque une nouvelle fois. Toujours la même allure. Toujours le même sourcil. Toujours la même décontraction roublarde. Je pense qu'il va me demander de prendre une patente cette fois. Ou vraiment se mêler de ma vie privée. Mais non, c'est de cette histoire de manifestation dans la rue, sous les fenêtres de la Générale, qu'il veut me parler. La rumeur n'a pas tardé à venir à lui. Il a de bons informateurs. De très bons agents de renseignements. Il feint la consternation. Vous vous rendez compte, me dit-il, cette vieille folle qui ameute tout le quartier, qui se met à agiter des drapeaux rouges à sa fenêtre et à faire entendre l'*Internationale*… vous étiez à côté d'elle… ne niez pas… on vous a vue… on vous a même photographiée… Je lui réplique, primo que la Générale n'est pas une vieille folle, secundo qu'elle fait ce qu'elle veut et que cela n'a rien à voir avec mon travail. Il hoche la tête, montrant qu'il est fort peu convaincu : Ça se discute ! dit-il. Il sous-entend sans doute qu'il en sait plus qu'il ne le dit. Je lui suggère d'être plus précis.

Il quitte son bureau, vient vers moi, prend une vieille chaise de paille sur laquelle il s'assoit, plaçant ses genoux tout contre les miens dans un face-à-face qui doit se vouloir de confiance et d'intimité. Rendez-vous compte… La Générale Dumesnil n'est pas n'importe qui… son mari était une personnalité de premier plan, un officier prestigieux… Il a laissé un souvenir durable dans notre cité où il était venu se retirer et avait favorisé de nombreuses œuvres… tout cela ne doit pas être terni par les excentricités de sa veuve – née comtesse Pázmany, comme vous savez – qui, de l'aveu de sa propre famille, a complètement perdu le sens et la raison… est peut-être soumise à des influences internationales douteuses… peut-être manipulée… Qu'elle ait droit à une vieillesse calme, parfait ! Qu'on ne l'enferme pas dans un établissement spécialisé, soit ! Que vous veniez lui faire la lecture à domicile, d'accord ! Mais qu'elle cause du scandale sur la voie publique, non ! Ici, monsieur le commissaire a l'air de changer de ton. Il se fait nettement plus virulent et agressif. Je lui dis : Ah, la Comtesse a causé du scandale sur la voie publique ? C'est curieux ! ce n'est tout de même pas elle qui manifestait ! Il rapproche sa chaise, jusqu'à toucher carrément mes genoux : Madame, le quartier des Rives-Vertes est un quartier bien tenu et bien fréquenté, un quartier « bourgeois », si ce mot est de votre vocabulaire, la Générale Dumesnil y réside depuis longtemps et en est même un fleuron non négligeable… ce n'est pas parce qu'une aberration des responsables de notre urbanisme a favorisé l'implantation d'une usine dans une zone voisine que les syndicats vont y venir en maîtres occuper le terrain comme s'ils étaient chez eux et se livrer à leurs mascarades… car il s'agissait d'une mascarade que cette vieille piquée n'a fait qu'aggraver avec les lubies qui lui sont propres et qui accablent les siens d'abord, tout le quartier ensuite… excusez-moi, cela s'appelle *troubler l'ordre public* et vous étiez partie prenante dans ce trouble… je ne fais pas de politique, figurez-vous, ma petite dame, mais je fais mon métier de commissaire !

Je lui réponds gentiment que je ne suis pas sa « petite dame » et, moins gentiment, que je ne sais pas de quoi il parle quand il m'accuse de troubler l'ordre public. Il se lève, me regarde de haut : Je n'aime pas les gens qui raisonnent et vous raisonnez trop… vous comprenez très bien ce que je veux dire et de quoi je parle… la lecture, la lecture !… c'est bien beau la lecture, mais elle n'est pas un alibi pour n'importe quoi… on peut y trouver à boire et à manger, on a vu en tout cas où elle peut conduire, avec cette affaire… affaire ridicule j'en conviens… affaire encore plus grotesque que celle de la petite gamine aux bijoux… je ne vais pas faire un plat de tout ça… je ne vais pas donner à ces histoires des proportions qu'elles n'ont pas… ça fait tout de même deux affaires en très peu de temps… alors voilà, je vous invite une fois de plus à la prudence, au bon sens… rien d'autre… vous êtes assez grande pour comprendre cela !

Je me lève de ma chaise, me mets debout devant lui et le surplombe, pour lui montrer que je suis en effet assez *grande*. Il me raccompagne jusqu'à la porte de son commissariat crasseux et me quitte en m'affirmant que, de toute façon, quoi qu'il ait pu dire, je lui suis *très* sympathique.

Je n'ai pas vu Roland Sora depuis un certain temps. Il était en mission au Brésil. Il a fait là-bas des conférences, comme il fait si bien partout, tenu des séminaires, des tables rondes. À son retour, il est plus que volubile sur ce pays. Les sambas, les candomblés, le brassage de l'Afrique, de l'Amérique et de la latinité, le style unisexe, il ne tarit pas. Le fabuleux « naturel » des Brésiliennes, tellement plus fort que celui que Stendhal prêtait aux Italiennes. Et l'extrême attention, partout, à ce que la culture de la vieille Europe a de plus avancé. La vieille Europe, pourtant, il faut bien le dire ! Depuis qu'il est rentré, tout lui paraît ici étriqué et sans vigueur. Sans jeunesse. Là-bas, malgré les impasses économiques et les difficultés de la démocratie, il y a comme une jeunesse sauvage et un vertige de l'avenir. Malgré de larges zones de misère, une espérance et une joie. Et puis, l'été tropical resplendissait. Ici, c'est à peine la fin de l'hiver.

C'est dire que M. Sora est disposé à entendre l'histoire de mes dernières péripéties comme on prendrait acte, de Sirius, des dernières anecdotes de notre planète. Je me sens réellement mal à l'aise en face de lui dans ce bureau où il a bien voulu m'accorder quelques instants, en dépit du nombre des étudiants qui se pressent à sa porte depuis son retour. Je garde la bouche close. Heureusement, il a la bonté de me demander *où j'en suis*. Où en suis-je ? Voilà tout le mystère en effet. Je lui dis qu'avec Dautrand l'étape a été franchie. Il signe des papiers devant moi, faisant semblant de ne pas entendre, puis remue vaguement la tête, comme pour indiquer que la fatalité étant ce qu'elle est, il ne peut que s'incliner ou que, de toute façon, comme il est encore au Brésil, de cœur, d'esprit et de corps, ce genre de nouvelle le touche autant qu'une feuille morte qui effleure le sol. S'éloigne-t-il de moi ? En aurait-il assez, et même plus qu'assez de mes petites histoires et de mes confidences ? C'est le sentiment que j'ai, tout d'un coup, devant ce bureau. J'ai envie de me lever et de partir. Ou de pleurer, ce qui serait le pire.

Mais j'enchaîne. Je raconte mes mésaventures avec Clorinde. Et les turbulences de la Générale. Là, Sora s'arrête de signer et me prête une oreille sensiblement plus attentive. Il paraît s'amuser. Sans doute, au fond de lui-même, n'est-il pas loin de penser, comme le commissaire, que je suis sur une pente dangereuse et que je commence à « troubler l'ordre public » de notre charmante petite ville. Il devrait tout de même avoir l'avantage sur M. Beloy de comprendre que cela est dû aux imprévisibles engrenages de cette activité, sûrement coupable, qui consiste à lire à voix haute ce qui est fait pour le silence. Où cela peut-il mener ? S'il ne le sait pas lui, qui le saura ? Il est vrai qu'il préfère, à y bien réfléchir, voir les livres dans le placard de sa bibliothèque qu'en liberté. Il y a si longtemps qu'il les apprivoise !

En tout cas, il est indulgent. Pris sans doute par le temps et n'osant me mettre à la porte, il se lève, vient vers moi et dépose un baiser fraternel sur chacune de mes joues.

Avec Éric, c'est devenu la routine. Sauf toutefois le jour de son anniversaire, pour lequel sa mère a tenu absolument à ce que je participe à une petite fête intime, comme si j'étais de la famille. Elle a même précisé qu'il y aurait une « surprise ». Je suis venue avec une belle robe, une robe de soie, pensant que cela plairait à Éric et satisferait ce que je crois être son goût des étoffes. Et, comme cadeau, je lui ai apporté une anthologie de la poésie française contemporaine qui s'ouvre justement par un poème de Francis Ponge intitulé *La Robe des choses* : c'est peut-être viser un peu haut pour un garçon de son âge, mais depuis que nous avons parlé de Baudelaire, il n'a cessé de m'étonner ou, plus exactement, de me ravir par sa sensibilité poétique en éveil, en alerte.

Un gâteau piqué de quatorze bougies est là, au milieu de la table, avec une bouteille de mousseux, du jus d'orange, des chocolats, sur une nappe festonnée et repassée de frais. Éric est mieux coiffé que d'habitude, avec une raie bien tracée. Sa mère ne porte pas de tablier aujourd'hui, mais les bigoudis dans ses cheveux ont fait incomparablement leur office. Je comprends très vite que le père ne sera pas de la fête, que son travail le retient : ce n'est pas encore cette fois que je ferai sa connaissance. Des amis vont arriver. Sans doute est-ce là la surprise. Triste surprise. On sonne, on monte, la porte s'ouvre : c'est une femme accompagnant un enfant aveugle qui entre. On me le présente : Je ne voulais pas vous le dire à l'avance… voici Joël… c'est un camarade d'Éric, ils ont été pendant un temps dans le même établissement, pour des rééducations bien différentes, vous vous en doutez, mais ils sont restés amis, très proches, ils continuent à se voir (elle a dû sentir aussitôt l'erreur, l'incongruité de *se voir*, une bouffée de rouge monte à ses joues), et Éric, qui a sûrement dû vous parler de lui, a voulu qu'il soit présent en ce jour, avec sa maman que voici.

La situation me paraît étrange, mais je me déclare enchantée, je serre les mains qui se tendent vers moi, je m'assois à la table avec cette singulière compagnie que constituent les deux mères et les deux enfants infirmes. Je me sens tout d'un coup complètement hors jeu, étrangère, et je me demande, une fois de plus, ce que je fais là. Mais le gâteau est splendide et tout le monde a l'air content. Pour Éric, ce n'est pas tout à fait sûr. Pour Joël, comment savoir ? Il a un visage d'une douceur infinie, si muet pourtant dans la douceur qu'on ne peut imaginer qu'une émotion quelconque s'y inscrive. Il me paraît vraiment impossible à rejoindre. La maman, elle, n'est pas muette. Ausssi accaparante et insinuante que l'autre, mais pas de la même manière. Avec beaucoup plus d'aisance et d'autorité. D'ailleurs, dès qu'elle commence à parler, je comprends. Vous êtes très connue chez les aveugles, me dit-elle, vous ne vous en doutez pas… eh bien, c'est ainsi… c'est sans doute à cause de la renommée qu'Éric vous a faite auprès de Joël… il vous admire tellement… et Joël a parlé de vous à ses camarades… ils voudraient bien que vous veniez dans leur institut leur faire la lecture… ils ont déjà demandé au directeur… rien ne peut être plus précieux que la lecture pour de jeunes non-voyants, vous le savez… rien ne peut être plus précieux, surtout, qu'une lectrice… quand elle a votre valeur et votre talent… n'est-ce pas, Éric ? n'est-ce pas, Joël ?… bien entendu, ils ont leurs livres… ils ont leurs caractères Braille… et ils ont aujourd'hui des disques, des cassettes… mais qu'est-ce qui remplacera jamais la chaleur d'une voix vivante comme la vôtre… vous devriez vraiment accepter cette proposition… ils vous attendent !

Elle s'est faite presque suppliante. Je ne sais que dire. Joël est toujours perdu dans sa douceur blanche. Éric regarde ailleurs. Tout le monde se tait. J'ai l'étrange sentiment que l'expression *un ange passe* se matérialise de la manière la plus parfaite. Un ange est là en effet, c'est peut-être l'un de ces deux enfants – lequel ? –, il flotte, il est entre nous, au-dessus de nous, présence immatérielle, d'une vérité physique pourtant étonnante, un effleurement, un bruit d'aile, impalpable, soyeux, à mon oreille, sur mon cou, sur ma peau et une fine lumière qui brille, tremble au milieu de nous. Ce sont peut-être tout simplement les bougies du gâteau que la mère d'Éric vient d'allumer. On les laisse brûler un moment, puis il doit les souffler, selon le rituel traditionnel. Rien n'est épargné. Le fauteuil roulant est poussé tout au bord de la table et Éric doit se pencher, assez péniblement, semble-t-il, pour éteindre les petites flammes. Joël sourit un peu, le visage tourné vers les lueurs qui vacillent, comme s'il les apercevait à travers le voile de ses prunelles. On trinque, on se passe de grosses tranches de gâteau sur les assiettes, on échange des compliments, des souhaits, on fait semblant de rire. J'ai maintenant la sensation exacte d'être dans un tableau qu'aurait exécuté je ne sais quel Breughel, sauf qu'il n'y a autour de moi, dans les objets que je vois et que je touche, rien de la riche substance de la peinture, ni la couleur, ni la chaleur, ni l'éclat, simplement je suis à une place insolite dans un ensemble curieusement composé, je me promène dans cette toile comme l'hôte étranger ou le généreux donateur qu'on a voulu loger dans le cadre d'une scène familiale. Mais rien n'est beau, sauf peut-être les yeux absents de Joël et le corps souffrant d'Éric, le tableau ne représente qu'un petit intérieur minable, avec des meubles pauvres, des objets en plastique ou en formica, des verres et des assiettes de bazar, des bouts de toile cirée qu'on voit à travers les œillets de la nappe. S'il pouvait au moins se transformer en tableau de Chagall, si je pouvais voler, nager dans l'espace, être aérienne, me retrouver la tête en bas sous le plafond !

La petite fête d'anniversaire atteint une sorte d'apothéose quand la mère d'Éric m'informe, sans me demander le moins du monde mon avis, que je vais maintenant passer dans la pièce à côté pour faire la lecture aux deux enfants qui se réjouissent, dit-elle, du merveilleux moment qui les attend. Elle a tout prévu, tout décidé ainsi. L'autre mère acquiesce avec un sourire béat et un air de décision non moins appuyé. Les deux femmes semblent d'ailleurs souhaiter rester ensemble pour papoter. Elles veulent tout à la fois me rendre à ma fonction et à un domaine qui ne saurait être le leur, même s'il se pare, à travers leurs enfants, d'un prestige exceptionnel.

Me voici donc dans la chambre d'Éric, avec les deux garçons. Eh bien, il n'y aura pas de concession de ma part ! Puisque je suis venue avec ce livre qui s'ouvre par *La Robe des choses*, ce sera *La Robe des choses*. J'ai pourtant deviné ou cru comprendre que Joël était plus jeune qu'Éric et sans doute d'une moindre maturité culturelle. Et Éric, lui-même, si illuminés que soient son esprit et son cœur de ses quatorze bougies d'anniversaire, est-il prêt à ces subtilités ? De toute façon, il est fier de cette lecture inaugurale d'un livre que je viens de lui offrir. Je commence :

« *Une fois, si les objets perdent pour vous leur goût, observez alors, de parti pris, les insidieuses modifications apportées à leur surface par les sensationnels événements de la lumière et du vent selon la fuite des nuages, selon que tel ou tel groupe des ampoules du jour s'éteint ou s'allume, ces continuels frémissements de nappes, ces vibrations, ces fumées, ces haleines... »*

Je lève la tête. Je ne sais plus très bien où j'en suis. Je ne sais plus très bien où sont ces ampoules, ces nappes, ces sensationnels événements de la lumière. Là-bas, de l'autre côté de la porte, sur cette table où les flammes des bougies ont basculé dans une fragile haleine de très jeune homme, dans une fausse fête flamande ? Ou ailleurs, dehors, sous un soleil et un vent inconnus, inaccessibles à chacun de ces adolescents ? Dois-je continuer ? Éric dit oui d'un signe de tête.

« *... Apprenez donc à considérer simplement le jour, c'est-à-dire au-dessus des terres et de leurs objets, ces milliers d'ampoules ou fioles suspendues à un firmament ; mais à toutes hauteurs et à toutes places, de sorte qu'au lieu de le montrer elles le dissimulent... »*

J'hésite à aller plus loin. Je voudrais bien obtenir une réaction, une approbation peut-être. Éric a les yeux rivés sur moi. Je demande simplement, anxieusement : C'est beau ? Il me répond alors : Oui, c'est très beau, mais *lui* ne peut pas le savoir puisqu'il ne vous voit pas.

La passion. C'était à prévoir. Michel Dautrand se persuade qu'il est fou de moi et veut absolument m'emmener avec lui au Zimbabwe où on lui offre une chance de renflouer sa société dans des conditions exceptionnelles. Des mines nouvelles sont en exploitation là-bas. Il partira de toute façon. Si c'est avec moi, ce sera le bonheur, sa vie se reconstruira. Si c'est sans moi, ce sera l'ensevelissement dans l'oubli et dans la profondeur de l'Afrique : il descendra au fond des mines pour ne plus en remonter, il se noiera dans le travail comme dans l'alcool.

C'est ce qu'il me dit en lapant son whisky pur malt. Je suis à demi nue, à côté de lui, sur le divan, il me caresse l'épaule et essaie de temps en temps de me faire absorber quelques gouttes de la précieuse boisson : il me suffit de humer, je préfère l'odeur au goût. Je n'ai pas tenu les engagements que je m'étais faits à moi-même, je le sais bien. J'ai recédé, recouché. Mais c'est moins par faiblesse qu'en considération de ce départ en Afrique. Je crois qu'il mettra vraiment le projet à exécution. Il n'a pas vraiment le choix, je pense. Il disparaîtra donc tôt ou tard de mon horizon. Sa passion s'éteindra, comme toutes les passions. Je peux donc maintenir encore quelque temps ce petit lien plaisant qui m'unit à lui. Nous y trouvons, je crois, bénéfice l'un et l'autre. Il a d'ailleurs la tête plus froide qu'il ne veut le laisser croire. Il sait très bien que je ne viendrai pas en Afrique. En ce moment, il fait tout pourtant pour me convaincre. Ses affaires marcheront. L'argent coulera à flots. J'aurai une résidence fastueuse. Des boys autant que j'en voudrai. Les charmes discrets de la colonisation se reconstitueront pour moi, mais dans le cadre honnête de la coopération et de la libre entreprise modernes. Je serai aimée, parée, comblée, fêtée. Je serai heureuse. Beaucoup plus heureuse que dans une situation de paumée, dans une

103

ville de débiles avec un mari qui se fout complètement de moi.

Ici, je me rebiffe vivement. Je fais l'éloge de Philippe. Je lui dis que jamais je n'ai eu la plus petite idée de le quitter, qu'il vaut, à mon avis, mille fois un P.-D.G. de son espèce. Je lui demande de se tenir cela pour dit. Il ne semble pas comprendre. Il a l'air tout à fait désemparé. Je crois que par moments il me hait.

Il me faut profiter de ces moments-là pour le ramener à la lecture. Ma relation avec lui n'a nullement fait passer au second plan mes soucis pédagogiques. Bien au contraire. Elle est une manière de pédagogie. S'il veut faire l'amour avec moi, il faut qu'il accepte d'abord de *lire*. Pas nécessairement de m'entendre. De lire lui-même, de sa bouche, de sa voix, si cela lui convient mieux. L'essentiel est qu'il perfectionne cette éducation dont il a prétendu lui-même avoir tant besoin dans sa vie mondaine. Ainsi aurai-je rempli mon contrat et serai-je payée de ma peine amoureuse. Qui, par chance, est une joie amoureuse. Il semble comprendre cela, se plier. Chaque fois qu'il veut obtenir de moi une faveur précise, il faut que la lecture y ait sa part, préliminairement. Par exemple, il lui arrive de se livrer à l'égarement d'embrasser mes fesses avec une frénésie cannibale. Je lui impose auparavant d'y appuyer, comme sur un pupitre, un livre qu'il doit lire à haute voix pendant au moins quelques minutes. Je suis en ce moment étendue nue sur le ventre, sur le tapis du grand salon, près du feu allumé dans la cheminée, le livre est où je l'ai dit, Michel est allongé les bras croisés sur mes cuisses, le menton relevé, la nuque dressée, et il lit avec application. Le texte que j'ai choisi, persuadée que nous ne pouvions pas toujours rester dans les modernes et que la culture d'un P.-D.G. devait s'ouvrir à l'antique et aux méditations humanistes sur les hasards de la fortune, est une lettre de l'Arétin au pape Clément VII :

« La Fortune, Seigneur, a beau régir les destinées humaines, de telle manière que, si prévoyants qu'ils soient, les hommes ne peuvent rien contre elle, néanmoins, elle perd son autorité dès que Dieu y veut mettre la main. Qui tombe de si haut que Votre Sainteté doit se tourner vers Jésus avec des prières et non contre le destin avec des plaintes. Il était nécessaire que le vicaire du Christ payât, par la souffrance de ses misères, les dettes des

erreurs des autres ; et la justice avec laquelle le Ciel châtie les fautes n'aurait pas été clairement signifiée à tout le monde, si votre prison n'en portait témoignage. Ainsi consolez-vous de vos afflictions, considérant que c'est par la volonté de Dieu que vous êtes à la merci de César et que vous pouvez éprouver d'un seul coup la miséricorde divine et la clémence humaine. Si pour un prince toujours fort, toujours prudent, toujours préparé aux injures du destin, quand il a tout fait pour parer ses coups, c'est un honneur de supporter calmement tous les malheurs que l'adversité veut qu'il supporte, quelle gloire sera la vôtre si, ceint de patience, après avoir surpassé ce prince en habileté, fermeté et en sagesse, vous souffrez ce que la volonté de Dieu vous impose... »

Il fait très doux. Je suis sortie de la ville pour marcher dans les bois. Rien n'est aussi étonnant que ce moment de l'année où les premiers bourgeons sont encore roulés dans leur gomme, mais laissent échapper de petites pointes vertes. On dirait que le monde entier est suspendu dans un fragile équilibre, qu'on ne sait trop de quel côté il va basculer. Les paysages sont encore estompés, brouillés. Heureusement que les parfums sont en avance sur les couleurs. Une senteur fraîche et nouvelle monte déjà de la terre.

J'ai mis des espadrilles, comme pour encourager la saison, mais avec de grosses chaussettes. J'ai laissé ma voiture dans l'anse d'une petite clairière, et j'avance sur un tapis d'humus. Je sens la limpidité de l'air dans mes poumons. Manque de chance, un amateur de jogging en survêtement déboule de derrière un arbre et d'un seul coup la solitude qui m'appartenait m'est ravie. Je le regarde s'éloigner, les épaules hautes, le dos creusé, rythmant son souffle, sur le sentier. Une chance encore que ce n'ait pas été Sora, il aurait fallu ouvrir la discussion. S'il avait eu envie de discuter, ce qui n'est pas sûr du tout. J'ai l'impression que je l'agace, qu'il boude plus ou moins, ou que le Brésil lui a vraiment tourné la tête, c'est-à-dire a détourné son regard du mien, et qu'il n'approuve guère mes activités. Tant pis pour moi. J'aurais mieux fait de retourner à la fac, de revenir à ses cours, de me recycler : c'est sans doute ce qu'il aurait voulu. Et de faire l'amour avec lui, avant qu'il ne soit trop vieux. Plutôt qu'avec l'analphabète que je m'épuise à alphabétiser. Je rate tout. Je me trompe toujours. Il faut être Philippe pour avoir la patience de supporter cela. Une patience que seule peut donner l'aérologie.

L'amateur de jogging était suivi, à distance respectable, d'une femme que je n'avais pas prévue. Son épouse peut-être. Elle passe, le visage rouge et haut, sans me voir. En short, elle.

Assez belle de formes. Une grande poitrine ne ballottant pas trop dans la course. Des cuisses allongées soutenant des fesses à me rendre jalouse. Je pense à Françoise et à sa gymnastique. Elle ne peut tenir derrière sa machine, dit-elle, que si elle s'assure une relaxation régulière des avant-bras et des épaules. Et pour cela, le sport, le grand air, la nature sont indispensables. Elle va régulièrement courir avec ses avocats, tantôt l'un, tantôt l'autre, parfois les deux. Elle est toute pleine de scintillantes illusions à mon sujet. Même sous le licol de Lucky, je brillais de mille feux à ses yeux. Elle était sûre que le théâtre me mènerait loin. Que ma voix me mènerait loin.

La preuve est faite que je suis arrivée loin. Je suis arrivée au cœur de ce petit bois où je voudrais vraiment ne plus rencontrer personne. Après le mari, la femme, j'espère qu'il n'y aura pas les enfants joggers, par chapelets. Je voudrais ne plus rencontrer que les arbres. C'est irremplaçable, les arbres. J'aimerais nettoyer minutieusement les troncs de leur vieille écorce, puis les étreindre, les embrasser, poser mes lèvres sur le bois nu. Mâcher les jeunes feuilles dès qu'elles vont sortir. Me griffer la figure à celles qui subsistent et peuplent les fourrés. Marcher sur cette terre sans espadrilles ni chaussettes. Aller au-devant du coq de bruyère ou du hanneton corné. Avancer encore. Plus loin. Tout en laissant venir, par bribes, à mes lèvres, tous ces petits bouts, fragments, éclats de choses lues qui dansent dans ma tête, ces morceaux de pages que je ferais bien de me mettre en devoir d'apprendre par cœur, si je veux donner à ma profession un peu plus de lustre, d'aisance et de diversité. Mon Dieu, qui suis-je ?

Je pensais que plus rien ne m'arriverait. C'était compter sans le calendrier. Le Premier-Mai, la Générale me réservait une surprise. J'arrive chez elle comme d'habitude, ayant accueilli sans méfiance sa proposition de faire une séance de lecture à une telle date, de surcroît le matin : elle m'avait affirmé que ce jour avait une réelle signification pour elle et qu'elle souhaitait le passer en ma compagnie.

À peine le seuil franchi, je sens de la nervosité dans l'air. Gertrude (je suis restée six mois sans savoir son nom) vient vers moi, une cravache à la main et, le visage défait, les yeux quasi révulsés, me la tend en me disant : Fouettez-moi ! Comme je marque mon étonnement, elle répète, les lèvres tremblantes : Fouettez-moi ! Elle est pâle, ses cheveux très tirés par son chignon accusent le désarroi de ses traits. C'est maintenant son corps tout entier qui tremble. Je la calme, lui suggère de remettre cette cravache à sa place (sur une étagère du salon, elle fait partie du musée, un souvenir du Général) et lui demande des explications. Elle me dit qu'elle a honte d'elle-même, qu'elle est une abominable coupable qui ne mérite que le knout, que pour la deuxième fois elle n'a pas su prévenir une incartade de sa patronne et me laisse tomber, moi, lectrice si dévouée, dans un affreux traquenard. Je crois comprendre que la « première fois » était l'affaire de la manifestation syndicale et du scandale dans le quartier. Que me réserve la seconde ? Gertrude ne veut pas me le dire. Elle tombe à genoux devant moi, me supplie de la punir, de la fouetter : de ma part, ajoute-t-elle, ce juste châtiment serait d'ailleurs une félicité. Et elle commence à faire sortir de sa jupe les pans de son chemisier empesé, pour dénuder son buste. Je la presse d'arrêter ses gestes ridicules et de me dire de quoi il s'agit. Elle finit par se décider à parler. Voici : la Comtesse n'a pas du tout l'intention de se consacrer à une séance de lecture, elle veut aller à la manifestation du Premier-Mai et elle compte sur moi pour l'accompagner, elle s'est déjà habillée.

N'y croyant pas, je me précipite vers la chambre, ouvre la porte et que vois-je ? Une vieille aristocrate d'un autre âge se regardant devant le miroir à glace, entortillée dans une robe noire lamée qui la boudine sans la priver d'une certaine élégance, une sorte de boa jeté autour du cou, un chapeau à plumes sur la tête. Elle m'aperçoit dans le miroir, se retourne, vient vers moi et me dit : Nouchka, vous allez m'emmener au défilé du Premier-Mai ! C'est si net, si décidé, si péremptoire que je ne vois pas comment me dérober. D'autant plus que la Comtesse, avec une pointe d'humidité dans les yeux, vient d'ajouter que ce sera peut-être son dernier Premier-Mai. Je l'aide à enfiler son vieux manteau de fourrure, lui passe sa canne. J'essaie de différer encore en disant que je ne sais pas où il faut aller, que je n'ai aucune idée du lieu où se tient le rassemblement. Elle s'empare de son sac à main, sort un plan, un papier avec un tracé : l'itinéraire du défilé. Elle a tout prévu. De toute façon, dit-elle, le cortège se forme à l'hôtel de ville. Si vous n'avez pas votre voiture, Nouchka, nous prendrons l'autobus. Elle m'entraîne. Il me semble entendre des cris, des lamentations, des trépignements dans la cuisine.

Il y a très longtemps que je n'ai pas assisté à une manifestation du Premier-Mai. Je dois avouer que celle-là me paraît un peu tristounette. Il n'y a pas foule sur la place de la Mairie pour écouter la poussive harangue d'un délégué syndical qui voudrait bien mobiliser les cœurs, mais n'en a pas les moyens oratoires. La présence de la Générale n'en passe que moins inaperçue. Elle ne cherche d'ailleurs pas à se cacher. Incroyablement vaillante, elle s'agite, brandit sa canne, interpelle un groupe de travailleurs immigrés, sans doute balayeurs municipaux, en les appelant « camarades », veut acheter du muguet à une vendeuse, en rafle vingt brins d'un coup pour les distribuer à la ronde, paie d'un gros billet dont elle n'attend pas la monnaie, piétine d'impatience. On chuchote, on murmure, on se la montre du doigt. Je ne suis pas très à l'aise. Mais le comble de mon malaise survient lorsque, après les ovations d'usage, le cortège se formant, elle prétend y figurer au premier rang, à mon bras, en dépit de l'embarras des organisateurs qui semblent désemparés devant une telle initiative. Certains me demandent en confidence des éclaircissements que je suis bien incapable de leur donner. Finalement le défilé s'ébranle, elle est là, en première ligne, se tenant à moi d'un coude et au secrétaire de l'union locale de la C.G.T. de l'autre, claudiquant un peu, ayant même une certaine peine à mettre un pied devant l'autre, mais épanouie et visiblement résolue à aller jusqu'au bout, fût-ce au prix d'un inévitable ralentissement de la marche des manifestants à travers les rues de la ville. Je me tords le cou pour la regarder, de crainte de la voir perdre connaissance dans cette presse ; je constate qu'elle a réussi à épingler à son manteau, d'un côté du muguet, de l'autre l'œillet rouge et l'épi de blé de la révolution hongroise. Les gens qui nous regardent défiler, dans un premier temps restent muets de surprise, dans un deuxième temps applaudissent à tout rompre. Beaucoup semblent la reconnaître. Politesse rendue, on applaudit même des fenêtres.

J'ai le sentiment qu'on ne parviendra jamais au terme. Mais en arrivant à la place de la Libération, en contournant le gros massif floral qui en occupe le centre, pourquoi faut-il que j'aperçoive une fillette qui, du bord du trottoir, me fait des signes avec son bonnet et son foulard ? C'est Clorinde. J'ai un instant l'illusion de rêver, d'être prise dans une sorte d'hallucination où tout se bouscule et se heurte comme dans les images d'un kaléidoscope. Mais non, c'est bien elle. C'est si bien elle qu'elle s'échappe, se met à courir vers nous, traverse la place et vient rejoindre le cortège. Elle s'accroche à mon bras libre. Me voilà bien flanquée, à droite comme à gauche, au centre de la ville, dans la foule, en plein midi, pour le cas où je souhaiterais garder mon anonymat professionnel ! Je tremble que Clorinde ne se soit en outre montrée une nouvelle fois fugueuse et irréfléchie. Fort heureusement, elle me parle à voix basse. Elle me dit que sa mère était avec elle, que c'est elle qui m'a reconnue de loin et lui a suggéré de courir vers moi, que l'une et l'autre désirent que nous reprenions les séances de lecture, que l'on m'attend, qu'il faut que je revienne à la maison. Comme je me penche pour mieux entendre, elle dépose un chaud et frais petit baiser sur ma joue. Elle sent le muguet.

Nouvelle convocation, peu amène, du commissaire Beloy. Cette fois, il est franchement en colère. Il y a dans son bureau un agent de police, debout, qu'il ne prie même pas de sortir lorsque j'arrive et qui me regarde d'un air ironique et carnassier. Le commissaire voudrait rester poli, courtois avec moi, dit-il, mais il estime que j'ai dépassé les limites permises. Cette exhibition du Premier-Mai est une énormité à peine croyable. Toute la ville, oui, *toute la ville*, s'est émue. Que je ne réponde surtout pas que je n'y ai été pour rien, j'étais au premier rang du défilé, je prêtais mon bras à la Générale, tout cela ne s'est pas fait par hasard, dans l'improvisation. Qu'ai-je à dire pour ma défense ?

Il a l'air vraiment furibond. La situation doit être grave. Je me demande si l'agent de police ne va pas me passer les menottes. Je réplique, bien entendu, que la manifestation du Premier-Mai est traditionnelle et pacifique et qu'il n'est pas interdit par la loi, à ma connaissance, d'y participer. Il bondit (en souplesse d'ailleurs) de son siège, s'assoit sur le coin de son bureau, me dévisage avec une expression où la hargne le dispute à la pitié. Il ne s'agit pas de cela, dit-il, ne faites pas l'innocente, ne faites pas l'idiote non plus, tout le monde a le droit de défiler… ce que je veux savoir, c'est pourquoi vous entraînez cette femme respectable… dérangée, mais respectable… à de telles incongruités… par goût de la provocation ? par soixante-huitardisme attardé ?… pour défier notre ville ouvertement et publiquement… car c'est l'impression qui a dominé, chère madame… j'ai reçu des lettres, figurez-vous… j'en ai un plein tiroir… j'ai été saisi par la famille qui ne sait plus où se mettre… la sous-préfecture n'a pas du tout apprécié… la Préfecture a réagi, la D.S.T. aussi… à l'heure actuelle le ministère de l'Intérieur doit être informé… le téléphone va vite, vous savez… et c'est tout de même moi qui suis responsable de l'ordre et de la sécurité ici…

Je lui demande calmement si la sécurité a été mise en danger. Cette question le met hors de lui. Oh, oh, dit-il, vous vous croyez très forte… mais des terroristes il y en a partout… généralement sous des dehors au-dessus de tout soupçon… et même avec des airs de sainte-nitouche… sur ce point, je peux vous dire qu'on ne me la fait pas !… ce n'est pas le côté rodomontade grotesque de cette affaire qui m'afflige le plus… encore que cela soit consternant pour les notabilités de cette ville… comme pour la malheureuse Générale Dumesnil elle-même… et je dirais même, oui madame, consternant pour nos syndicats, nos travailleurs, qui sortent ridiculisés de cette bouffonnerie… ce qui me turlupine, c'est votre rôle là-dedans… ce que vous faites au juste chez les gens sous prétexte de lecture… vous savez, on chuchote même dans les librairies et les bibliothèques… cette annonce, au fond bizarre, que vous avez passée dans les journaux…

Je lui dis : Arrêtez-moi. Je regarde vers le flic. Je suis prête à tendre les poignets. Il se tait, comme s'il prenait son élan pour m'accabler sous d'autres accusations, irréfutables. Je pense qu'il va parler de Clorinde, compromise elle aussi dans la manifestation. Il doit garder cela pour la fin. Le coup de grâce. Mais non, il n'en dit rien. Ses informateurs ont dû pister le défilé avant qu'elle ne le rejoigne. Il ne sait pas tout. Il sait assez de choses toutefois pour me dire, me toisant sans vergogne, m'épluchant de la tête aux pieds, que les trublions de mon espèce trouveront toujours en lui un adversaire implacable et résolu, et qu'il m'a *à l'œil*. C'est ce que je constate en effet.

Après cette algarade, j'étais à peu près sûre d'avoir perdu toute chance de me faire une clientèle parmi les notables de notre ville. Or, voilà que, contre toute attente, je reçois une lettre d'un magistrat très âgé, veuf et solitaire, qui ne peut presque plus lire, dit-il, tant sa vue a baissé, et qui aimerait bien pouvoir bénéficier de mon aide. Peut-être de ma compagnie, ajoute-t-il.

Je suis un peu méfiante. Ne vais-je pas retrouver à la fois la Générale et Michel Dautrand dans une seule et même personne ? Mais, d'autre part, de qui puis-je espérer les sollicitations, sinon de vieillards, d'infirmes, de malades ou de désœuvrés ? Je le sais depuis le début. Je le sais depuis le premier instant. J'ai pris mes risques. Je continue ou j'arrête. Mais si je continue, je ne dois pas m'attendre à des propositions originales. S'installer dans ce métier, c'est, je le crains, s'installer dans la répétition. On verra bien. Je me rends donc au domicile de cet ancien Président de Cour. Bonne allure pour son âge. Costume de coupe sévère, veston croisé, cravate. Ruban de la Légion d'honneur. Crâne chauve couronné de cheveux blancs. Lunettes à verres épais. Dignité. Courtoisie. Il commence par me dire qu'il a entendu parler de moi, de la manière la plus favorable, de moi et de mon talent. De la qualité de ma voix. Lire a été la passion de sa vie, mais maintenant, hélas, ses yeux le trahissent – il soupire –, peut-être pourrais-je lui prêter les miens, ce serait un secours inestimable, surtout dans ce crépuscule de l'existence qu'il est en train de vivre, ce serait aussi, une ou deux fois par semaine, un moyen de tromper sa cruelle solitude de vieux magistrat rompu aux choses de la vie et qui a beaucoup de mal à s'en abstraire, les livres étant le dernier lien qui peut nous rattacher encore au monde quand nous ne pouvons plus y être présents à part entière.

Je trouve cela fort bien tourné. Ce vieux juge en retraite doit être un homme de culture. Pour la première fois, j'ai le sentiment que ce n'est pas à moi de choisir ce que nous lirons, les initiatives doivent venir de lui. Il doit savoir ce qui l'intéresse et ce qui ne l'intéresse pas. Ce qu'il veut écouter. Il a d'ailleurs certainement une abondante bibliothèque. Je jette un regard circulaire sur les murs de la pièce où nous sommes et je vois effectivement de hauts rayonnages avec des livres aux belles reliures. Intérieur cossu, un peu sombre, un peu capitonné, mais ordonné, bien tenu. Je m'attends à voir une porte s'ouvrir et l'inévitable gouvernante apparaître. Mais aucun bruit, aucun grincement de porte, même léger, aucun pas. Vivrait-il totalement seul ? Il a l'air de dominer sa vie. Comme il a l'air de savoir ce qu'il veut. Je ne me suis sûrement pas trompée à propos des livres. Je le laisse proposer. Je lui dis que je vais noter ses désirs et que je me préparerai, que j'étudierai de près les textes qu'il souhaite entendre pour lui en faire la meilleure lecture possible. J'ai chez moi une petite chambre spéciale, toute bleue, où je peux procéder à des répétitions. Si je ne possède pas ces livres, il pourra peut-être les sortir de sa bibliothèque et accepter de me les prêter, j'en prendrai le plus grand soin, il peut en être certain.

Il paraît enchanté, comblé. Cette idée de chambre bleue a même fait passer sur son visage comme une trace d'émotion, une fugitive tendresse. Je suis tout à fait la personne qui lui convient. Faut-il discuter tarif ? Non, il ne veut surtout pas. De toute façon, il vit à l'aise avec sa retraite de magistrat et il n'y aurait pas de rétribution assez convenable pour rémunérer le service que je vais lui rendre, si je consens en effet à accéder à ses choix dans le domaine de la lecture. Chère Marie-Constance, me dit-il, si toutefois vous me permettez d'en finir avec d'inutiles solennités et de vous appeler par votre prénom, exactement comme un père ferait avec sa fille, chère Marie-Constance, je devine que vous êtes une femme éclairée et que vous-même, avec l'expérience que vous avez dû acquérir, pourriez faire d'excellents choix, mais le vieil homme que je suis se voit gagné de vitesse par le temps et songe parfois qu'il y a des œuvres, des classiques, qu'il n'a jamais eu le temps de lire, et il ne voudrait pas mourir sans les connaître… eh oui, dans le domaine de la lecture il y a des désirs insatisfaits comme dans les autres domaines… vous me comprenez ? Il soupire de nouveau, très fort : Ah, si vous vouliez bien !

Je lui dis que je suis à sa disposition. Sans toutefois bien voir où il veut en venir. Je ne tarde pas à comprendre. Il se lève, va chercher un beau livre relié de cuir sur un des rayons. Hésite un peu à me le montrer. Puis me le présente, l'entrouvre, rosissant, tremblant, palpitant, frémissant. C'est le Marquis de Sade, me dit-il, il est là depuis toujours, un héritage de famille, on l'a longtemps gardé au grenier, puis à la cave, maintenant il est là parmi les autres, puisqu'il n'y a plus personne dans cette maison pour y mettre la main, hélas, sauf moi. Mais moi, justement, pendant des années je ne me suis pas autorisé à le lire, je n'osais pas, mes fonctions me prescrivaient la réserve... ce n'est que sur le tard, avec la retraite, le loisir... mais voilà, maintenant je n'y vois plus... alors j'ai pensé que peut-être...

Je suis renversée. Mais en même temps, je me sens coincée. Comme prise dans un dilemme qui mettrait en jeu mon honneur professionnel. Si j'accepte, je tombe dans ses filets. Si je refuse, je ne suis pas une *lectrice*. Une lectrice doit *lire*, et lire à haute voix ce qu'on lui demande. Pourvu qu'il ne demande pas trop. Il semble avoir ouvert le livre au hasard. Mais avec Sade ! Je prends l'ouvrage avec précaution. Les *Cent vingt journées* ! La page qu'il me présente est marquée d'un signet et il y a un passage coché d'une croix. Ce passage, dit-il, par exemple, ce passage ou un autre... Je regarde et je vois bien entendu des horreurs. J'essaie de garder le cœur ferme et je lui dis que je vais étudier la chose, y réfléchir, et que nous verrons la prochaine fois. Je me lève déjà. Il me retient par le bras. Il a l'air déçu. Écoutez, dit-il d'un ton très doux mais assez autoritaire, nous pourrions faire un petit essai dès aujourd'hui... pour que je puisse me rendre compte... pour vous entendre... pour juger de cette voix dont on m'a dit merveilles... asseyez-vous là sur ce sofa... je me mets en face, dans le fauteuil... je vous écoute...

Je suis donc refaite. Cernée. La fuite ou le sang-froid professionnel. Je me dis : Marie-Constance, ma fille, il faut que le sang-froid professionnel l'emporte, tu as fait du théâtre, tu es passée par le Conservatoire, tu connais la scène et la comédie, tu connais les hommes aussi, tu ne vas pas te laisser mettre en déroute par ce vieux crapaud. Du cœur ! Je vais prendre place sur le sofa. Je croise les jambes. Adopte une expression attentive et concentrée. Lis muettement mon texte. Ce n'est pas possible ! Ce n'est pas le hasard ! Il a choisi exprès ! Il y a là des mots qui, de toute évidence, ne passeront pas la barrière de mes dents et de ma langue. Ne sortiront pas. Que faire ? Je pars ? Les yeux du batracien me guettent, derrière les gros verres. La pièce est d'un silence écrasant. Je m'entends lire, au milieu de ce silence :

« Un mois après, dit la Duclos, j'eus affaire à un fouteur d'une espèce absolument différente. C'était un vieux libertin qui après m'avoir baisé et caressé le cul pendant plus d'une demi-heure, enfonça sa langue au trou, l'y fit pénétrer, l'y darda, l'y tourna et retourna avec tant d'art que je crus presque la sentir au fond de mes entrailles. Cachant mon con d'une main, il se branlait très voluptueusement de l'autre et il déchargea en attirant à lui mon anus avec tant de violence, en le chatouillant si lubriquement que je partageai son extase. Quand il eut fait, il examina encore un instant mon cul, fixa ce trou qu'il venait d'élargir, ne put s'empêcher d'y coller encore une fois ses baisers, et décampa, en m'assurant qu'il viendrait me demander souvent et qu'il était très content de moi et de la façon dont je lui avais permis de répandre son foutre… »

Je reprends haleine. Ma voix n'a pas tremblé ni faibli. Je n'ai pas bronché. Je suis très contente de moi. Lui aussi, semble-t-il. Il me le dit : Je suis très content de vous, j'espère que vous pourrez revenir et continuer.

Je m'interroge avec inquiétude sur la suite possible des événements. Mais non, rien de fâcheux. Il me fait simplement entendre qu'il aimerait bavarder encore un moment avec moi, pour mieux faire connaissance. Il me parle de sa carrière, des différents postes qu'il a occupés, de sa femme décédée voici quelques années et dont la disparition l'a laissé inconsolable, de la difficulté qu'il y a à rendre correctement la justice, si toutefois, dit-il, la Justice avec un grand J veut dire quelque chose, il n'en est pas persuadé, après quarante-cinq ans d'exercice. Il paraît tout à fait civilisé et même d'un commerce agréable. Il ne me propose pas de visiter son appartement, ni d'entrer dans le détail de sa bibliothèque, alors que je m'attendais à devoir pénétrer plus avant dans le petit coin d'« enfer » qu'il a dû y ménager. Non, nous sommes là, en train de parler, dans une tonalité tout à fait *normale*. Et, après tout, s'il est normal pour lui de lire et de faire lire des textes comme celui qu'il vient d'entendre, pourquoi m'y opposerais-je ? J'ai très bien fait d'accepter et de raffermir mon cœur. Une lectrice modèle doit être un instrument parfaitement neutre et docile. Un pur outil. Une pure voix. Une pure transparence. Là est sans doute sa limite, mais là est sans doute aussi sa grandeur. Je sens que j'ai vraiment avancé aujourd'hui dans la connaissance et la pratique de ma profession. Et que j'ai accompli en même temps un indéniable progrès sur moi-même. Je me sépare de mon magistrat en le remerciant et en lui disant que je reviendrai. Nous prenons date.

Les beaux jours sont revenus. J'ai remis la robe de crépon. Éric sera enchanté. Avec lui, les choses ont vraiment pris un régime de croisière. Mais sa mère affirme qu'il tire le plus grand profit de ces séances de lecture qu'elle appelle des séances de travail. Si c'est vrai, tant mieux. Je note en tout cas que son esprit semble s'éveiller de plus en plus à la littérature, et notamment à la poésie que j'ai eu raison, je crois, d'essayer de lui faire découvrir sous ses formes les plus neuves. Ce qui ne l'a pas découragé, apparemment, de l'explorer sous des formes plus anciennes. Il est curieux. Il se renseigne. Il compare, rapproche. Il fourmille de questionnements, lui qui au début ouvrait si peu la bouche.

Ainsi aujourd'hui, quand j'arrive, à peine suis-je assise, il me pose justement une question qui, sur le coup, me paraît saugrenue : Madame, pouvez-vous me dire ce que signifie *cestuy-là* ? Je suis d'autant plus étonnée que d'habitude ses curiosités s'adressent beaucoup plus au fond qu'à la forme des textes littéraires, et qu'il prétend volontiers n'avoir pas de difficulté avec la langue française, avec le vocabulaire. Donc, je l'interroge sur le sens de sa question, sur l'allusion, la citation, la phrase à laquelle il se réfère. C'est tout simplement le vers bien connu de Du Bellay :

« *Et comme cestuy-là qui conquit la toison* »

Il a lu le célèbre poème des *Regrets* dans un de ses livres scolaires et le mot l'a arrêté. Je lui avoue trouver cela étrange, car il n'est vraiment pas bien difficile de comprendre, même si l'on n'est pas familier de la vieille langue, que *cestuy-là* veut dire *celui-là*. Un démonstratif. Je répète : oui, *celui-là, celui-là qui, celui qui*. C'est ce qu'il aurait trouvé s'il avait lu le sonnet dans une transcription moderne. Je m'aperçois qu'il ne sait pas ce qu'est un sonnet. Je ne suis pas sûre de le savoir très bien moi-même. Je rassemble mes souvenirs de collège. Les règles du sonnet ? Bon, ce doit être à peu près ça. Voilà. Je dis. J'explique. Il a l'air très intéressé. Nous nous engageons dans une discussion sur les mérites respectifs de la poésie à forme fixe et de la poésie libre. De la poésie ancienne et de la poésie moderne. Éric aura réussi cette performance de me recycler malgré moi (plus heureux en cela que M. Sora), de me transformer de lectrice en pédagogue. Sa mère a bien raison de dire qu'il s'agit de « séances de travail ». Il me demande s'il existe des sonnets modernes. Je lui dis que oui, chez Jacques Roubaud par exemple, et je lui propose de lui en lire un, dans le livre que je lui ai offert. Je cherche la page. Voici :

« *Je suis un crabe ponctuel je suis un courrier sans événement mon champ est vide pur balayé de la moindre étoile j'ai voilé de velours la masse bombée de l'œil cet instrument ne détaillera plus que ses poussières.*

« *Je ne risque pas de silences je n'oppose que des paroles plates comme des vitres que les pluies rincent et j'ai du goût pour le soir j'ai de l'indulgence pour l'aube il n'y a rien jamais à lire dans ma main* . . . . »

Il arrête ma lecture et, se penchant de son fauteuil, me prend la main. Il la regarde comme s'il allait y lire. Il y a à lire dans votre main, dit-il. Passé la première stupeur, je lui réponds : Peut-être, comme dans toutes les mains. Il ne lâche pas, inspecte, examine la paume, les doigts. Pourquoi appelle-t-on cela *lire* ? Je ne sais que répliquer, sinon : Pourquoi en effet ? Sans abandonner ma main, il me fait part de quelques remarques que lui a inspirées le sonnet dont il vient d'entendre le début. Il n'est pas sûr de l'avoir très bien compris, mais il a perçu des silences, des blancs. Il pense, ce qui me paraît d'une extrême finesse de jugement, que ce poème doit être fait pour être regardé autant qu'écouté, plus encore pour être regardé qu'écouté même, et il précise que son camarade aveugle ne pourrait donc pas l'apprécier vraiment. Lui, il a la chance de le voir. Il prend le livre sur ses genoux (sa main effleure ma robe), observe longuement la page. Le blanc, dit-il, est fait pour être vu. Il ajoute, assez mystérieusement : Le noir aussi.

Il me rend alors ma main, fait légèrement rouler son fauteuil, comme s'il voulait un peu m'éloigner, me mettre à distance. Puis il dit : Puisque vous avez remis cette robe, ce serait bien que vous la releviez encore. J'obéis. Je la relève haut sur mes cuisses nues. Nous restons silencieux. J'entends à peine son souffle. Baissant la tête, il prononce alors très distinctement la phrase suivante : La prochaine fois, madame, si vous pouviez venir sans votre culotte. Je n'ai pas rêvé. Il l'a prononcée.

Une odeur d'herbe fraîche monte du campus de l'université. Je ne voudrais pas déranger Roland Sora au moment des examens, mais il faut décidément que je lui demande ce qu'il pense de mes choix de lecture. Je le trouve en train de faire pâlir une malheureuse étudiante sur un texte de Huysmans. Il sort avec moi un moment et nous nous mettons à arpenter le couloir, pendant que la jeune fille, dans son bureau, se collette avec le texte dont elle dira les beautés.

Ce qui est bien avec Huysmans, dit-il, c'est qu'il est beaucoup plus qu'un naturaliste, mais tout de même un naturaliste, et à part entière. Il commence à dériver là-dessus, me demandant si finalement, au bout de presque un an d'exercice, je suis satisfaite des conseils qu'il m'avait donnés dans les débuts. C'est vrai, dit-il, finalement, les naturalistes il n'y a que cela de vrai, seuls les beaux textes bien carrés, bien drus, racontant vraiment quelque chose et racontant surtout la *réalité*, accrochent vraiment le lecteur, tu l'as vérifié, je pense ? Je voudrais lui faire plaisir et le confirmer dans ses vues, mais, je suis obligée de le lui dire, jamais la réalité ne m'a autant échappé que depuis que je fais ce métier : elle me coule entre les doigts, c'est une eau sur laquelle je ne parviens pas à refermer mes mains. Il hausse les épaules. Une eau ! Qu'est-ce que cela veut dire, une eau ? Il me demande si je parle de la fiction. Je lui dis : Non, absolument pas, je ne parle de *rien*. Il arrête sa déambulation, se retourne brusquement vers moi, me regarde avec cet œil brillant, curieusement allumé, qu'il sait si bien poser sur mon visage quand il veut débusquer ce qu'il pense (sûrement) être mon grain de folie.

Peut-être aimerait-il me faire un cours, là, au pied levé. Mais en ce moment, j'ai envie de tout sauf de cela, je n'ai aucune envie d'être dans la peau de l'étudiante qui se creuse la tête là-bas, derrière la porte. Je voudrais qu'il comprenne, lui,

121

quelque chose que je ne peux ni expliquer ni résumer. Qui pourrait peut-être se dire ainsi : Je crois choisir des textes, mais ce sont eux qui me choisissent. C'est une singulière aventure, une mésaventure plutôt, comme je n'en ai eu que trop la preuve. Voilà pourquoi son idée de retenir tel ou tel livre qui se prêterait mieux que les autres à la lecture orale ne tient pas debout, avec tout le respect et l'affection que je lui dois. Tous les livres sont bons, à partir du moment où ils passent par ma bouche. Et avec chacun d'eux, tout peut arriver. En quoi je crains d'avoir choisi le métier le plus imprudent du monde. Je ne sais pas si notre petite ville me tolérera longtemps.

J'ai déroulé un beau raisonnement qui est en train de se casser le nez, comme celui de Sganarelle. C'est en tout cas ce que doit penser le professeur Sora qui contemple toujours mon visage, mais sans cacher sa commisération cette fois. Je n'aurai pas eu le temps de lui parler de mes derniers abîmes, comme j'en avais l'intention. Il va mettre fin à l'entretien. Il regarde sa montre. Son étudiante l'attend. Les examens le pressent. Les vacances l'appellent. Il me dit que, puisque je sais tout si bien, je me débrouillerai parfaitement toute seule. Je finirai peut-être même par ouvrir une école de lecture. Il est très confiant dans mon avenir. Bonne chance, Marie-Constance !

Ne reculant donc plus devant le risque, je retourne chez le magistrat. Je me suis armée. J'ai relu le Marquis, toute seule, à haute voix, dans la « chambre sonore ». J'ai tout bravé. J'ai même fait sur Philippe l'essai de quelques pages. Cela lui a beaucoup plu et il a déclaré qu'il voulait connaître tout le volume. On lui avait toujours dit que le Marquis était ennuyeux. C'est ce qu'affirment ceux qui ne l'ont jamais lu. Il ne s'est pas montré de cet avis. Philippe est le contraire d'un esprit médiocre.

Je suis venue carrément en jean et en polo, comme pour une séance de gymnastique. Le vieil homme, accoutumé aux belles manières, en est un peu déconcerté. Sans doute pour me rendre la pièce, il enlève sa veste et sa cravate et va passer une robe de chambre de soie. Nous sommes à l'aise tous les deux. Je suis prête à commencer. Mais lui n'a pas l'air pressé. Il regarde l'horloge du salon, comme s'il guettait l'heure, comme s'il attendait quelque chose. Si nous devisions d'abord un peu ? dit-il. Ce mot *deviser* me fait fondre de plaisir. Très bien ! dis-je. De quoi deviserons-nous ? Il voudrait que je lui explique comment j'ai formé ma voix, comment je suis venue au théâtre dans ma jeunesse, puisque c'est là ma référence. Je lui raconte un peu les choses, je parle du Conservatoire, de Godot, de Sganarelle. Il semble surpris que j'aie pu tenir ainsi des rôles d'homme, me demande pourquoi. Je lui dis que j'ai tenu souvent aussi des rôles de femme, Zéphire, Hyacinthe, Augustine. Cela semble piquer sa curiosité et en même temps l'attendrir. Ses yeux s'embuent légèrement derrière ses verres. Il se souvient qu'enfant, mais évidemment, dit-il, cela commence à se perdre dans la nuit des temps, il avait joué une pièce à l'occasion d'une distribution des prix, et le personnage dont il tenait le rôle s'appelait Céladon. Il ne saurait dire quelle était la pièce ni qui était l'auteur, peut-être ne s'agissait-il d'ailleurs que d'une fable de patronage sans auteur, mais ce qui reste très présent dans sa mémoire, c'est le vêtement qu'il portait, du moins une partie de ce vêtement, un gilet de taffetas rose. Ce gilet de taffetas rose chante dans sa tête avec la très douce musique du souvenir. Il y avait d'ailleurs un autre petit garçon, vêtu lui de gaze, qui lui donnait la réplique et s'appelait Zélamir. Il n'a pas oublié ces noms qui lui sont revenus à l'esprit, comme sur un déclic, quand j'ai prononcé tout à l'heure des noms vaguement semblables, dont il a d'ailleurs bien noté que c'étaient des noms de filles : il n'est encore ni tout à fait sourd ni tout à fait gâteux (c'est lui qui parle !).

Belle conversation, mais pourquoi toujours ce regard sur l'horloge ? L'explication ne tarde pas à venir. On sonne. On monte. Il va ouvrir. Il me présente à un monsieur qui entre et qui n'est autre que le professeur Dague du Centre de neurologie infantile. Il est là, devant moi, plein d'assurance, carré, le sourire à la bouche, le cheveu court, correctement vêtu. Il n'est évidemment ni en blouse ni en slip. Je le reconnais pourtant très bien. Le juge paraît un peu embarrassé, mais il s'empresse de justifier cette visite : Le professeur est un vieil ami, un jeune ami plutôt, nous nous entendons très bien, nous nous rencontrions assez souvent autour des meilleures tables de la ville, quand j'étais encore en activité, j'ai pensé pouvoir l'inviter à une de ces séances où vous dispensez votre talent, je crois que cela le charmera beaucoup... Je réponds, sur le mode le plus sec : De toute façon, nous sommes aussi de vieilles connaissances ! Exact ! dit le professeur de la manière la plus culottée, en allumant une cigarette. Je me demande jusqu'où ira la comédie, lorsqu'on sonne de nouveau. Nouvelle grimpée dans l'escalier, sensiblement plus rapide. Nouvelle ouverture de la porte. Nouvelle apparition. Le commissaire Beloy, cette fois. Je n'en crois pas mes yeux. J'ai l'impression d'une embuscade. Le commissaire s'incline, de manière presque cérémonieuse. Il a troqué son blouson contre un veston léger. Vous vous connaissez peut-être aussi ? dit le magistrat. En effet, répond le commissaire. Je reste muette.

Étrange théâtre. La mise en scène ne tarde pas à se révéler. Nous avons pensé, dit le vieux juge, nous réunir tous les trois pour vous entendre. Vous avez un organe si admirable. Pourquoi en disperser les effets et les accords ? Nous représentons, chacun à notre manière, ce qu'il y a de plus *écouté* dans notre cité. Pourquoi ne nous mettrions-nous pas à notre tour ensemble à votre écoute ? Pourquoi ne profiterions-nous pas ensemble de vos talentueuses lectures ? C'est dans cet esprit que j'ai réuni mes amis, comme je les aurais conviés à une fête. La fête, c'est vous, chère Marie-Constance, votre *personne* ! Voilà où conduit la renommée !

Il tire sur une grande draperie rouge, une sorte de rideau, que je n'avais pas vu tout d'abord, et le sofa sur lequel je m'étais assise la dernière fois apparaît dans le fond de la pièce, près de la bibliothèque : je suis sûre que la disposition des meubles a été changée, mais peut-être est-ce une illusion de mon esprit, de ma mémoire. Nous allons, dit-il, nous asseoir tous trois sur ce sofa, et vous, vous prendrez place sur cette chaise en face. Aussitôt dit, aussitôt fait. Les voilà tous les trois alignés sur le sofa, comme des mannequins, la salive à la bouche. Il me semble être devant un stand de tir, à la foire. Et que vais-je faire ? Lire ? Lire quoi ? Je pose la question au juge. Eh bien, dit-il, la même chose que la dernière fois ! Il a déjà préparé le livre à la belle reliure, il l'a sorti de ses rayons. Il l'apporte, avec un sourire de miel.

C'en est trop. La conscience professionnelle a des limites. Je leur tire ma révérence. Ce qui, avec mon jean et mon polo, n'est pas commode. Je prends la porte et je la claque. Il est à peu près certain que je vais me retrouver maintenant au chômage.

Librio est une collection de livres à 10F réunissant plus de 100 textes d'auteurs classiques et contemporains.
Toutes les œuvres sont en texte intégral.

Tous les genres y sont représentés : roman, nouvelles, théâtre, poésie.

Alphonse Allais
L'affaire Blaireau
A l'œil

Isaac Asimov
La pierre parlante

Richard Bach
Jonathan Livingston
le goéland

Honoré de Balzac
Le colonel Chabert

Charles Baudelaire
Les Fleurs du Mal

Beaumarchais
Le barbier de Séville

René Belletto
Le temps mort
- L' homme de main
- La vie rêvée

Pierre Benoit
Le soleil de minuit

Bernardin de Saint-Pierre
Paul et Virginie

André Beucler
Gueule d'amour

Alphonse Boudard
Une bonne affaire
Outrage aux mœurs

Ray Bradbury
Celui qui attend

John Buchan
Les 39 marches

Francis Carco
Rien qu'une femme

Calderón
La vie est un songe

Jacques Cazotte
Le diable amoureux

Muriel Cerf
Amérindiennes

Jean-Pierre Chabrol
Contes à mi-voix
- La soupe de la mamée
- La rencontre de Clotilde

Leslie Charteris
Le Saint entre en scène

Georges-Olivier Châteaureynaud
Le jardin dans l'île

Andrée Chedid
Le sixième jour
L'enfant multiple

Arthur C. Clarke
Les neuf milliards
de noms de Dieu

Bernard Clavel
Tiennot
L'homme du Labrador

Jean Cocteau
Orphée

Colette
Le blé en herbe
La fin de Chéri
L'entrave

Corneille
Le Cid

Raymond Cousse
Stratégie pour deux
jambons

Pierre Dac
Dico franco-loufoque

Didier Daeninckx
Autres lieux

Alphonse Daudet
Lettres de mon moulin
Sapho

Charles Dickens
Un chant de Noël

Denis Diderot
Le neveu de Rameau

Philippe Djian
Crocodiles

Fiodor Dostoïevski
L'éternel mari

Arthur Conan Doyle
Sherlock Holmes
- La bande mouchetée
- Le rituel des Musgrave
- La cycliste solitaire
- Une étude en rouge
- Les six Napoléons
- Le chien des Baskerville
- Un scandale en Bohême

Alexandre Dumas
La femme au collier
de velours

Claude Farrère
La maison des hommes
vivants

Gustave Flaubert
Trois contes

Anatole France
Le livre de mon ami

Théophile Gautier
Le roman de la momie

Genèse (La)

Goethe
Faust

Albrecht Goes
Jusqu'à l'aube

Nicolas Gogol
Le journal d'un fou

Frédérique Hébrard
Le mois de septembre

Victor Hugo
Le dernier jour
d'un condamné

Jean-Charles
La foire aux cancres

Franz Kafka
La métamorphose

Stephen King
Le singe
La ballade de la
balle élastique
La ligne verte
(en 6 épisodes)

Madame de La Fayette
La Princesse de Clèves

Jean de La Fontaine
Le lièvre et la tortue
et autres fables

**Alphonse de
Lamartine**
Graziella

Gaston Leroux
Le fauteuil hanté

Longus
Daphnis et Chloé

Pierre Louÿs
La Femme et le Pantin

Howard P. Lovecraft
Les Autres Dieux

Arthur Machen
Le grand dieu Pan

Stéphane Mallarmé
Poésie

Félicien Marceau
Le voyage de noce de
Figaro

Guy de Maupassant
Le Horla
Boule de Suif
Une partie de campagne
La maison Tellier
Une vie

François Mauriac
Un adolescent d'autrefois

Prosper Mérimée
Carmen
Mateo Falcone

Molière
Dom Juan

Alberto Moravia
Le mépris

Alfred de Musset
Les caprices de Marianne

Gérard de Nerval
Aurélia

Ovide
L'art d'aimer

Charles Perrault
Contes de ma mère l'Oye

Platon
Le banquet

Edgar Allan Poe
Double assassinat dans
la rue Morgue
Le scarabée d'or

Alexandre Pouchkine
La fille du capitaine
La dame de pique

Abbé Prévost
Manon Lescaut

Ellery Queen
Le char de Phaéton
La course au trésor

Raymond Radiguet
Le diable au corps

Vincent Ravalec
Du pain pour les pauvres

Jean Ray
Harry Dickson
- Le châtiment des Foyle
- Les étoiles de la mort
- Le fauteuil 27
- La terrible nuit du Zoo
- Le temple de fer
- Le lit du diable

Jules Renard
Poil de Carotte
Histoires naturelles

Arthur Rimbaud
Le bateau ivre

Edmond Rostand
Cyrano de Bergerac

Marquis de Sade
Le président mystifié

George Sand
La mare au diable

Erich Segal
Love Story

William Shakespeare
Roméo et Juliette
Hamlet
Othello

Sophocle
Œdipe roi

Stendhal
L'abbesse de Castro

**Robert Louis
Stevenson**
Olalla des Montagnes
Le cas étrange du
Dr Jekyll et de M. Hyde

Bram Stoker
L'enterrement
des rats

Erich Segal
Love Story

Anton Tchekhov
La dame au petit chien

Ivan Tourgueniev
Premier amour

Henri Troyat
La neige en deuil
Le geste d'Eve
La pierre, la feuille et
les ciseaux
La rouquine

Albert t'Serstevens
L'or du Cristobal
Taïa

Paul Verlaine
Poèmes saturniens
suivi des Fêtes galantes

Jules Verne
Les cinq cents millions
de la Bégum
Les forceurs de blocus

Vladimir Volkoff
Nouvelles américaines
- Un homme juste

Voltaire
Candide
Zadig ou la Destinée

Emile Zola
La mort d'Olivier
Bécaille
Naïs

Histoire de Sindbad
le Marin